http://www.prock.com.tw/sandwichclub.htm

三明治俱樂部

http://mypaper3.ttimes.com.tw/user/libra925/index.html

鳳珊

高

表格女王。28才。
個性爽朗率直，
但不失細膩與貼心。
從事網頁編輯，凡事喜歡規畫。
卻常常事與願違。
剛結束一段長達八年的感情，
意外地，展開與兩個男人的同居生活。

欣銘

張

格言先生。26才。
個性優柔寡斷，
但又總是情不自禁地點燃自己、照亮別人。
喜歡閱讀，在書店工作。
看似平靜的生活裡，因為兩個愛他的人，
正激發出更多故事與可能。

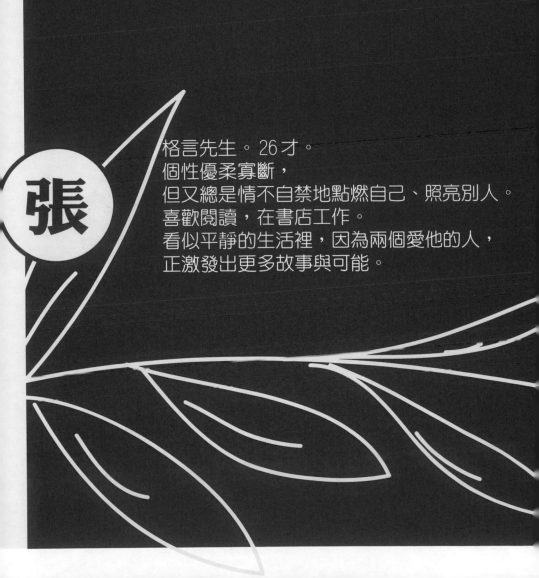

稚

李

草莓少年。18才。
開朗帥氣的外表下，
其實隱藏著陰鬱多雨的童年。
不快樂的身世
使他更加渴求愛情與友情的慰藉，
他敢愛敢恨，
卻偏偏遇見了一段最棘手也最美好的關係。

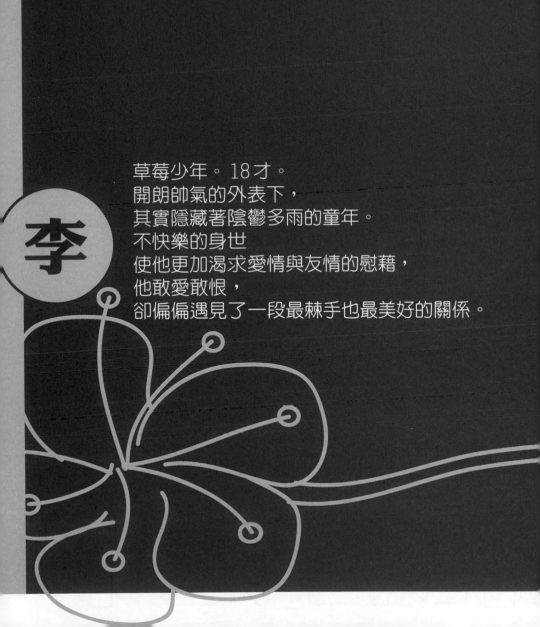

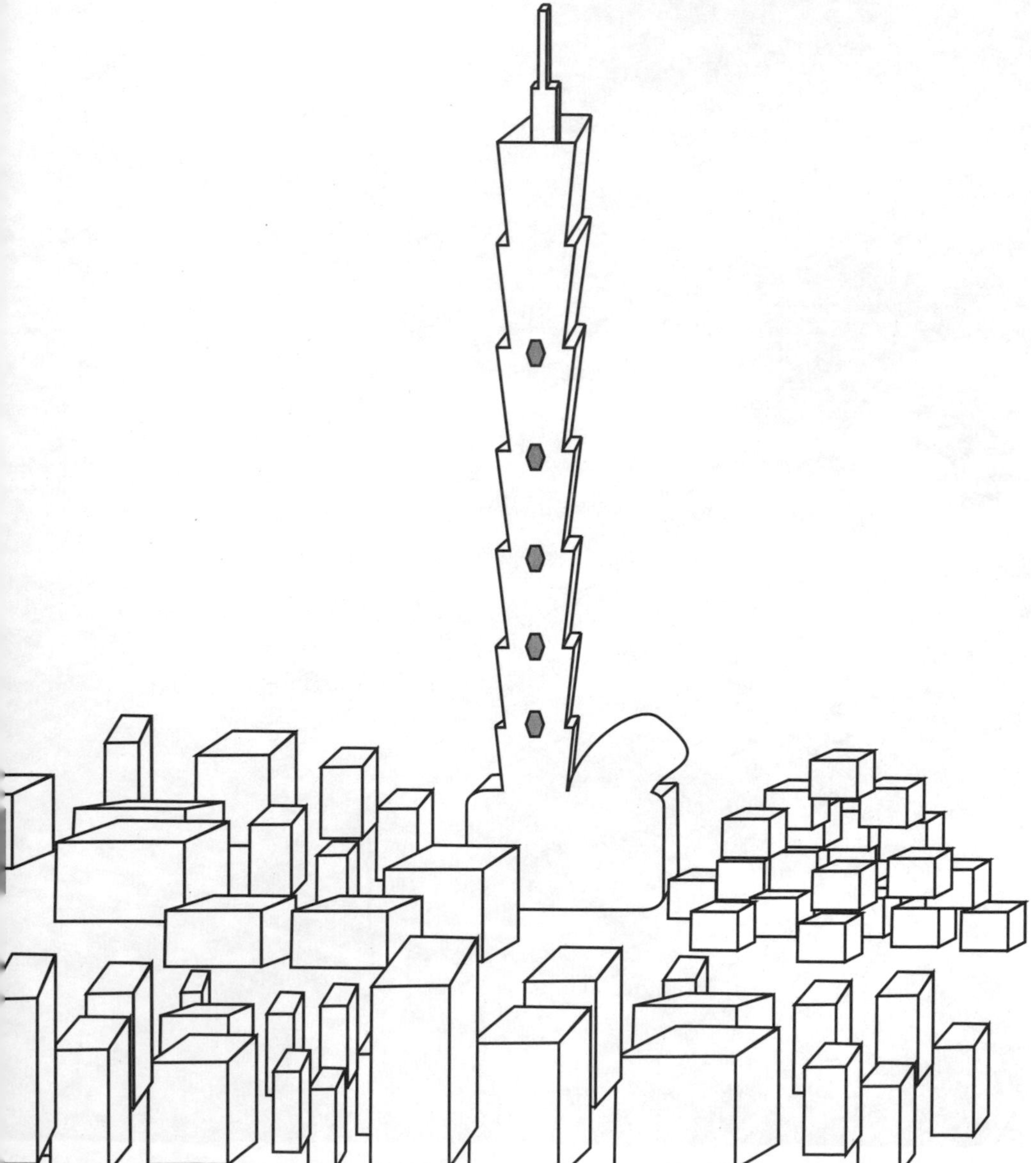

演出順序表

第一集 **高鳳珊**

第二集 **張欣銘**

第三集 **李稚**

第四集 **高鳳珊**

第五集 **張欣銘**

第六集 **李稚**

第七集 **高鳳珊**

第八集 **張欣銘**

第九集 **李稚**

第十集 **李稚・張欣銘・高鳳珊**

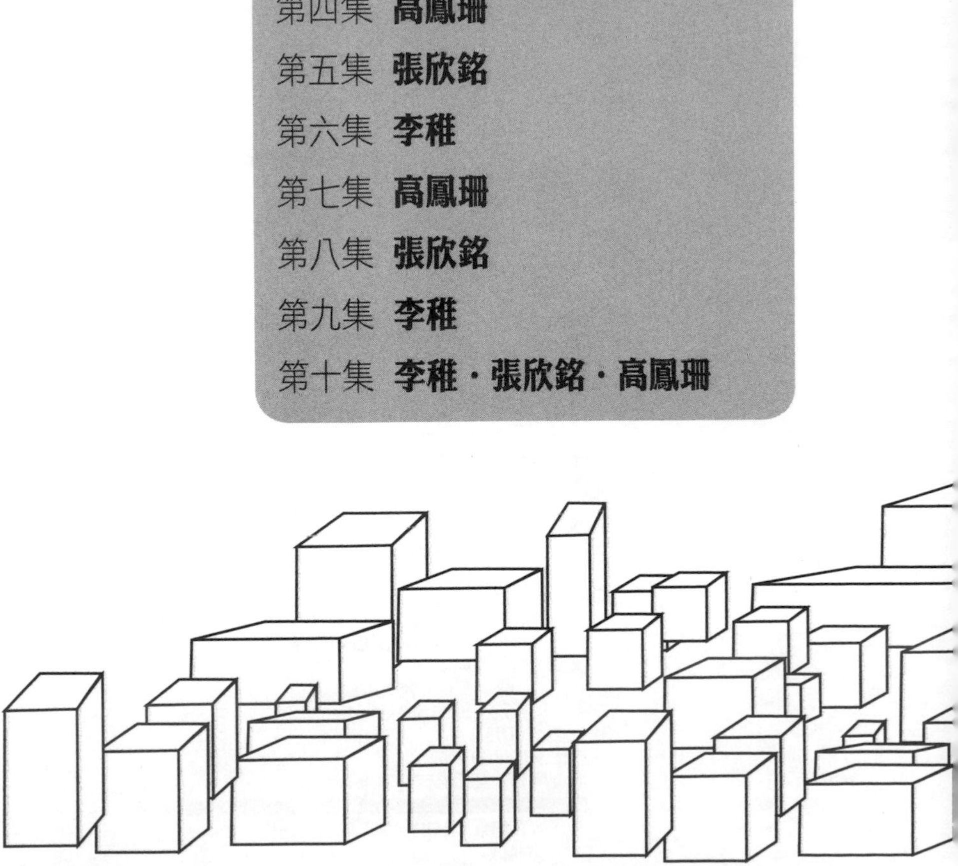

張維中作品集 8
三明治俱樂部

作　　者 張維中
責任編輯 胡金倫
企畫編輯 紫石作坊
發 行 人 涂玉雲
出　　版 麥田出版
台北市信義路二段213號11樓
電話：(02)2351-7776 傳真：(02)2351-9179、2351-6320
發　　行 城邦文化事業股份有限公司
台北市愛國東路100號1樓
電話：(02)2396-5698 傳真：(02)2357-0954
網址：www.cite.com.tw e-mail：service@cite.com.tw
郵撥帳號：18966004　城邦文化事業股份有限公司
香港發行所 城邦（香港）出版集團
香港北角英皇道310號雲華大廈4樓504室
電話：2508-6231 傳真：2578-9337
馬新發行所 城邦（馬新）出版集團
Cite (M) Sdn. Bhd. (458372 U)
11,Jalan 30D/146, Desa Tasik, Sungai Besi,
57000 Kuala Lumpur, Malaysia.
電話：603-90563833 傳真：603-90562833
e-mail：citekl@cite.com.tw
文字排版 紫翎工作室
印　　刷 凌晨企業有限公司
初版一刷 2003年9月25日
售價：250元
ISBN 986-7691-70-9

第一集

高鳳珊

①第一天。

早餐：烤土司一片，花生醬二小匙，葡萄柚半個；午餐：烤土司一片，鮪魚罐頭半罐；晚餐：四季豆一杯，肉八十五克，蘋果一個，紅葡萄一杯，香草冰淇淋一杯。

②第二天。

早餐：烤土司一片，水煮蛋一個，香蕉半條；午餐：優酪乳一杯，鹹餅乾二片；晚餐：香蕉半條，小熱狗二條，花菜一杯，紅葡萄一杯，香草冰淇淋一杯。

③第三天。

早餐：蘋果一個，鹹餅乾一片，低脂起士一片；午餐：烤土司一片，水煮蛋一個；晚餐：香蕉半條，白花菜一杯，鮪魚罐頭一罐，香瓜一個或哈蜜瓜半個，紅葡萄一杯，香草冰淇淋半杯。

好不容易，我終於抄完減肥食譜了。但才剛剛放下筆，身旁的曾嫚麗便覺得我不夠仔細，耳提面命要我再補上幾句：

「寫下來，每星期任選三天來執行。每餐要配一杯無糖的茶或咖啡，還有，蛋，要煮熟一點！」

我聽命行事。畢竟這份健康減肥食譜是她提供的，而且的確在她的身上奏效了。曾嫚麗是我的大學同學，在校時彼此並不算熟，但是一年前我們在亞力山大健身房重逢，後來經常巧遇，反而開始熟稔起來。

這些日子以來，我們同樣都上亞力山大，可是她的身材卻明顯維持得比我好。起初，我只任性地認為那是因為她的字取得好，所以能夠讓她「慢慢美麗」。至於我的名字，雖然有個吉祥的鳳字，但說到底，誰見過鳳呢？所以我開始懷疑，鳳，根本就是一種醜陋的怪物。後來，我才知道，曾嫚麗有個醫師男友提供給她減肥營養食譜。我憤憤地數落了她好幾天以後，她總算帶來借我。

減肥竟然還能吃冰淇淋？我看見菜單，二話不說便立刻拿出紙筆抄寫。

把食譜還給曾嫚麗以後，她站起來準備離開。

「妳慢慢運動吧，我去韻律教室了。」

「妳不上飛輪課？」我好奇地問。

幾個星期以來，我們總會一起在飛輪教室踩腳踏車的。

「我決定改上拉丁舞課了。」

「妳在那裡認識了新的男人？」

「妳怎麼知道？」她訝異。

「從妳失去純真的眼神裡得知。」

「既然妳的眼睛這麼厲害，趕緊替自己物色一個新男友吧！別再守著那個人了，銀行員永遠不可能變成有錢的銀行家的。」

我僵僵地笑著。我轉移話題問她：

「妳怎麼對得起醫師男友？」

「拜託，我沒甩了他就好。我很感謝他開給我減肥食譜，但是他終究太忙了，即使身為醫師，也無法治療我的寂寞。」

曾嫚麗說得好坦白。她忽然收起笑容，正經八百地問：

「妳男友不是也很忙嗎？難道妳從來不寂寞？」

「他很忙，我也很忙啊，扯平了。我們已經認識八年了，不必天天膩在一起，應該多給彼此生活空間吧。」

這是我撒的第幾個謊言呢？

高鳳珊，今年二十八歲，大學社工系畢業，工作穩定，目前在台灣新興的資訊產業裡擔任網路企畫編輯。我有一個交往近八年的男友，感情很穩定。我們相互信任，給予彼此足夠的個人生活空間。

除此之外，我還擔任社服義工照顧小朋友，並且替自己安排了許多職場之外的生涯規畫和學習，生活還算充實。

這些是我面對少之又少的新朋友，以及失聯而又巧遇的同學們，當他們詢問時的回答資料。當然，有些對象並不需要講得太仔細，而且真正說出來的時候，不會那麼像是履歷表的語言。

因為，更輕鬆一點，才會顯得有自信，才會顯得滿足此刻的生活。

才會像是一切都是真的。

高鳳珊，不去年頭和年尾，今年虛歲三十。社工系所學的理論只發揮在孤兒院裡，好不容易自學網頁設計的技能，卻在一間隨時要泡沫化的網路公司上班，企畫一堆怎麼樣也不賣錢的案子。我有一個剛過七年之癢關卡的男友，感情早已從戀人昇華成親人。他在競爭十足的銀行業裡擔任信用卡業務員，忙得不可開交，我們一星期只能見到一次面，卻還是經常吵架。我過了太久一個人吃晚餐和無所事事的夜晚，最後只好想出成堆的生活計畫，排遣我的孤單與寂寞。

星期一，亞力山大。星期二，學日語。星期三，一個人到西門町的絕色影城看電影（絕不能到華納威秀，那裡全是出雙入對的情侶）。星期四，學日語。星期五，亞力山大。星期六下午，到孤兒院做兒童義工。星期天，跟男朋友碰面，如果不知道做什麼，就是上街逛逛，或者只好再去看電影。

倘若我很不幸，便會碰到他必須在週日跟人外出應酬，於是我只好待在家裡睡覺或看HBO。但更倒楣的是HBO那一天全播我看過的電影。

我替每一項「生活計畫」選定一種顏色的貼紙，執行完畢了便貼在行事曆的日期上。一整年翻下來，紅黃藍綠的，真是光彩眩目。

但只有我知道，每一抹穿著糖衣的顏色，就是一枚刺眼的孤單。

這是我的祕密。

我雖然每天都按照生活計畫過日子，但有更多計畫被擱置在Word檔案裡。那些計畫被我製成許多一目瞭然的表格，同事看見了，經常佩服我是個認真生活的女人。可惜我的惰性總是揮之不去，一項項的計畫最終只好成為空談。

然而，為什麼想要計畫，卻又不積極實踐呢？

或許我從來不那麼想做這些事情。

我只是過怕了一個人不知道該做什麼事情的日子吧。為了不讓阿倫的疏遠繼續毀壞我的生活，所以我找出了一種如此繁忙的生活方式來擠壓自己。

✸

減肥食譜拿回家後，我一直貼在冰箱上，不很積極地執行著。

星期天上午，阿倫來到我的住處時，終於發現了它。

「哪裡來的食譜？」

他從冰箱抱出一大桶冰淇淋，用他的啤酒肚頂著，窩在沙發椅上。

「上個星期你來時，就貼在那兒了。」我說。

「喔，」他抓抓頭說：「妳沒跟我說。」

「我今天也沒說，可是你發現了。」

他想了想回答：「我上個星期沒開冰箱吃冰淇淋。」

冰淇淋是他的最愛。如今，他寧願抱一桶冰也不願擁抱我。

我和阿倫是在大學認識的，我們已經交往八年了。八年前，他是個勤勞而充滿活力的陽光男孩，嘴裡常說出女孩最愛的甜言蜜語；八年後，甜言蜜語全被他吃進了肚子裡。他胖了十幾公斤，所有的精力都留在公事裡，好不容易跟我見面時，永遠只像是洩了氣的皮球，說的盡是銀行升遷困難，毫無效率的會議令他看不見明天的希望。

久而久之，我覺得他來找我，並非因為我是她的女朋友，而只是因為我是他在星期天的女性客戶，並且願意無條件聆聽「抱怨簡報」的那一種。

「我們出去走走，去看電影也行。」我提議。

「在家看HBO就好了嘛，外面人擠人的。看電影很貴耶。」

「今天播的我全看過了。」我無奈地說。

他打開電視，忽然放下冰淇淋，抬頭看我。他終於內疚了？

「妳知道《蜘蛛人》裡有多少破綻嗎？妳都發現了嗎？」

我訝異得不能置信。

「我只知道如果蜘蛛人像你這樣，每天坐在銀行櫃台後面，早就胖得爬不上屋簷了。」我揶揄他。

他忽然將視線從電視機和冰淇淋上頭轉向了我，表情木然。

「我就是這個樣子了，妳若是不滿意，妳可以走。」

我並無惡意，沒有料到他竟然翻臉。

「這裡是我家，你要我走去哪？」我沮喪地說。

「對，這裡是妳家，我聽懂主人在趕人了。」阿倫站起來。

「我只是希望你出門走一走。每天待在辦公室，放假的時候不應該還窩在家裡。你可以抱怨你的工作、不滿你的生活，但沒有必要賠上自己的健康，並且讓自己還不到三十歲就變成一個胖子。」

「我倒想看看妳的減肥餐可以吃多久？」阿倫指著冰箱上的食譜說：

「把妳那些半途而廢的計畫蒐集起來，大概就是我身上多出來的重量吧。」

我們倆人對看著，不發一語。

電視機裡嘩嘩作響，可是我卻感覺房間凍結成一片冰。

八年了，我和阿倫已經太了解彼此。我們知道彼此心底最祕密的喜悅，也清楚情緒的極限；我們有時因此倍感親切，但有時也劍拔弩張傷害了彼此。

我看見阿倫手上的冰淇淋紙桶滴下了串串水珠，眼眶不自覺地發熱。

「不是說要去走走？妳說去哪裡？」阿倫總算放低了姿態，打破僵局。

「去Fnac買床頭音響。」我沒好氣地回答。

「音響壞了？」

「兩個星期前你來的時候就壞了。」

「喔，」他吃了一口冰淇淋，說：「妳沒跟我說。」

「我告訴過你的。」

他尷尬地回答：「我已經很久沒在妳房間聽CD了。」

「嗯。」我難過地點頭。

其實，他上個星期不但有開冰箱吃冰淇淋，而且當他想要試聽新買的CD時，便已經發現床頭音響壞了。

我該怎麼面對阿倫的改變呢？昔日的他是系學會會長，除了外貌帥氣得搶眼之外，一向以做事嚴謹及說話圓融而聞名，但如今全變了。當然，這些年我也改變了。不同的是阿倫變得不再那麼需要愛情，而我則變得更需要關懷。

每當我們爭鋒相對時，我都懷疑這個世界上是否真有我所渴求的那種恆溫的情感？愛情難道只是一杯加了檸檬片的白開水？淺嘗甘甜，放久，就澀了。

然而我可以隨時更換一杯新的檸檬水，卻無法狠心割捨一段八年的感情。

那杯檸檬水裡雖然漸漸開始摻雜了鹹鹹的淚水，但曾經也有著甜蜜的口感，更重要的是它閃動著我二十歲時最青春年華的光澤。

我怎麼能夠捨得倒掉它呢？

✸

第二天晚上，我和曾嫚麗在亞力山大相遇。我們倆人踩著有氧滑步機，我「氣呼呼」地把昨天的遭遇跟她說。她聽了我的反應以後，覺得我很沒有志氣。

「這年頭還有女人把愛情形容成白開水？」

「對不起，是加了檸檬片的白開水。」我糾正。

「我的愛情是7-Eleven的飲料櫃，繽紛眩目，什麼滋味都有。」

「我卻常常在飲料櫃前昏頭轉向，不知道該選擇哪一種。」

「可是不好喝的就不該勉強自己喝下去。」

「大概是我喝習慣了，對這種飲料很有感情，怕換了不合口味。」

「妳說得很對，那是一種習慣。不過既然是一種習慣，只要狠心戒掉了，肯定能再培養另一種習慣。」曾嫚麗放慢腳步，轉頭看著我說：

「鳳珊，妳花了八年的光陰卻換得現在的結果，他要的不是妳想給的，妳要的他也給不起。妳還打算繼續跟他共度幾個八年？」

「我想他既然會變成現在這個樣子，有一天，或許也能夠改變回從前的他。」我加快滑步機的腳步。

「唉，妳真傻！愛不能改變什麼的。」

「難道妳不曾為妳的醫師男友改變過？」

我好奇地問，其實也在心底問自己。

「我正在為他改變啊。他既然不能為我改變生活作息，多花些時間陪我，那只好我來改變了。我要多花時間在願意陪我的人身上。不像『某些人』啊，大概是想豎立貞潔牌坊吧，死守著冷落她的人。」

曾嫚麗暗指我。我無奈地笑笑。

她看看牆上的時鐘，忽然神祕兮兮的對我說：

「走吧！搏擊課快開始了！」

「什麼搏擊課？妳不是上拉丁舞課？」

「拉丁舞太難了，我發現他還有上搏擊課。」

「不要這麼拚命吧？我不相信搏擊課更輕鬆，而且教室總充斥著汗臭味。」

「男人流汗以及用力的時候，是最有魅力的。」她發花癡地說。

「那妳來錯地方了，妳應該去建築工地的。」我笑著回應。

我不肯去，但最終仍敵不過曾嫚麗的苦苦哀求，只好跟她走進了韻律教室裡，準備上一堂不知道會發生什麼事的搏擊課。

已經開始上課了，但始終沒見到什麼會讓曾嫚麗心動的人。授課教練走進來，是一名壯碩的男人，滿身結實的肌肉。他關起教室大門，放出震耳隆隆的音樂，兩腳一跨雙手一擺，好一副準備找人單挑的架式。他狠狠地對我們說：

「握起拳頭，把今天上班時遇見不愉快的人，揍！扁！吧！」

全班非常有默契地齊聲高喊「赫！」的一聲，我嚇了一跳，並且開始意識到自己待會兒恐怕會昏倒在這個教室裡。我緊張地問曾嫚麗：

「妳的夢中情人到哪裡去了？他沒來，我們還要上這堂課嗎？」

曾嫚麗困惑地回答：「我也不知道，他應該要出現的。」

我有一種受騙的感覺。曾嫚麗帶我站在舞台前，通常是最投入並且有自信表現得最好的人才會選擇的位置。因為很靠近教練，每個人都拚了命地揮拳踢步。才過了十分鐘，我已經滿身大汗，手都軟了。

「妳告訴我……上次妳怎麼度過……這一個小時的？」我氣弱游絲地說。

她上氣不接下氣地回答：「上次……他在……轉移了注意力嘛！」

教練每一次轉身背對著我們的時候，我跟曾嫚麗就開始偷偷往後面移幾步。最後，終於撤退到後面幾排的位置。

韻律教室是玻璃帷幕的密閉空間，站在外頭走道上的人可以看見裡面的一舉一動。我發現溽熱的汗臭在玻璃上模糊成一片水氣的同時，也發覺在身後朦朧的玻璃外有個人似乎一直盯我。我覺得挺不自在，告訴了曾嫚麗。

曾嫚麗回頭看，眉飛色舞地說：「拜託，他是Jacky的朋友啦！」

中場休息，我們走向教室外的走道上，曾嫚麗問那個男人：

「你們今天怎麼遲到了？Jacky呢？」

「在櫃台。他有個朋友說，今天想跟他來入會。結果等他下班等了好久。我跟Jacky兩個人等得有些不耐煩。遲到，真是一個壞習慣。」男人說。

「別氣了，每個人的個性不同，就有不同的習慣吧。」曾嫚麗安慰他。

「習慣要不是最好的僕人，便是最壞的主人。」

男人忽然很認真地說出充滿哲思的格言，我忍不住失笑。這男人看來跟我差不多的年紀，或許比我更小一兩歲吧，竟然會冒出這樣奇怪的話來。

他眼光轉向我，曾嫚麗向他介紹我：「我大學時期的同學，高鳳珊。」

我忍著不繼續笑，點點頭，男人微笑起來對我說：

「妳好。我叫張欣銘，Jacky大學時的社團朋友。」

不久，另一個男人走上前來。他穿著一件白色的背心，身形魁武，我看見曾嫚麗的眼神便知道他就是等待中的Jacky了。他的身材與臉孔都太優秀了，像是個模特兒，的確比曾嫚麗的醫師男友好得太多。

「你可終於現身了！為了你，我跟我朋友差點昏死在搏擊課上。」

「對不起，都是我那個朋友永遠都有看不完的病人，耽誤了時間。」

「病人？你朋友是醫師？」曾嫚麗神情緊張地問。

「是啊。我跟他提過妳，他也想見見妳。喔，他來了。」

我們聽見有人呼喚Jacky的名字。曾嫚麗和我同時看見那個人，我知道一切都來不及了。Jacky的朋友竟然就是曾嫚麗的醫師男友。

「妳怎麼在這裡？」曾嫚麗的男友問。

我瞥見Jacky一頭霧水，可是現在沒有人有空理他。

「我一直都在這裡運動的。你又怎麼在這裡，你不是很忙的嗎？忙到都沒有時間找我嗎？」曾嫚麗反問。

「我決定來運動，這應該不是什麼壞事吧。」

場面陷入一陣尷尬。曾嫚麗的男友打破沉默對Jacky說：

「不好意思，我遇見我的女朋友了。對了，你跟我提過在這裡新認識的女朋友，也介紹給我們認識、認識吧！」

我和身旁的張欣銘對看著，恨不得立刻消失，不想目睹下一刻的情節。

Jacky 起先表情僵硬，後來無奈地笑起來：

「嫚麗，原來妳已經有男朋友了。」

曾嫚麗漲紅著臉，一句話都不說，掉頭就走。她的男友彷彿終於明白了些什麼，憤憤地瞪了Jacky 一眼，然後便跟上她的腳步，消失在我們眼前。

至於Jacky 大約覺得受到委屈，也不想理會別人，他一個人悶不吭聲走向重量訓練區，奮力地拉起擴胸胸肌器材。走道上，只剩下了我跟張欣銘。

「面對光明，但是陰影就在我們的背後。」

張欣銘突然自顧自地說。

「什麼意思？」我忍不住問。這次，我沒有笑場。

「腳踏兩條船，表面上雖然一時快樂，可是危險永遠都在的啊。」

是怎麼樣的生活背景，讓眼前這個長得很乾淨的男人總是會說一些奇怪的格言呢？我覺得他很怪，但同時不免也對他產生好奇。

「你一定從小就是模範生，滿嘴格言。」我說。

「是啊，」他露出靦腆的笑容說：「國中三年，只有最後一年沒有連莊。」

「怎麼了？」

「我跟班上同學打了一架，因為他把一個暗戀我的女孩寫給我的情書，公布在穿堂的黑板上。」

「你為了那個女孩打了一架，她肯定一輩子愛死你了。」

「恰恰相反。大學一年級時，我們開小學同學會，我才知道她和那個與我打架的男孩在一起好多年了。我事後想，或許那女孩明白，我和男孩打架的原因只是覺得自己被侵犯了，不是真的為了她。那男孩才是真正喜歡她的。因為太過深愛而產生妒忌，明明知道這麼做會被我揍，他還是鼓起勇氣把情書給貼出來了。這種愛的力量令女孩感動了。」

「這是你想出來的邏輯，跟你的格言一樣怪。那男生當時只是太衝動。」

「有時候女孩子還是喜歡衝動男人吧。男人對待女人太過平淡了，一點冒險感都沒有，女人也會感到無趣的，不是嗎？」

不是嗎？他在問我，我很想回答，不是的，女人通常喜歡平淡的生活，可是我想起我和阿倫八年來趨於無味的感情，卻沒有勇氣回應他的問題。

✸

阿倫很難得在非假日來我家，這一晚我回到家裡，很意外看見他坐在我的沙發上看電視、吃冰淇淋。坦白說，當我看見他出現在家裡，應該是很開心的。可是，這一幕吃冰淇淋的情節，卻像是不斷重播的無聊新聞畫面，一出現在我眼前，就立刻澆熄了我的好感。

「怎麼有空來？」我好奇。

「會議提早結束了。」他盯著電視，看也不看我一眼。

「還沒吃晚飯吧？要不要去樓下一起吃宵夜？」

他搖搖頭。總是如此，阿倫對我以及我說的話，似乎一點興趣都沒有。

我想起那天新買的音響一直還沒有拆封組裝，於是正準備把紙箱拆封開來時，阿倫關掉了電視機，把冰淇淋擺在地上，整個人縮進沙發椅子裡。

「那天店員說，這不是很容易組裝喔，如果妳需要幫忙，告訴我。」

舒舒服服的躺在沙發上，甚至已經閉起眼睛的阿倫這麼說道。

我有些愣住了，他明明知道光靠一個人是不容易拆封和組裝的，而且我以為他既然知道了就會主動幫忙，但沒料到他只是躺在沙發椅子上說說而已。

我很難過，但我並不打算請他幫忙。我吃力地拖出紙箱中套在保麗龍盒裡的音響，沮喪的對照著說明書組裝起音響。

「妳可以嗎？」半夢半醒的阿倫又吐出一句話。

我靜默。我原本想放一片CD，用超大的音量嚇嚇他，只可惜音響一點都不爭氣，不管我如何檢查怎麼弄，它就是沒有聲音。

我呆坐在地板上，整個屋子都好安靜。不一會兒，終於出現了很有頻率的聲響。但才兩秒鐘而已，我的期待就落空了。因為，那是阿倫巨大的鼾聲。

第二天下班以後，我氣得連日語課都不上了，立刻拎著音響去Fnac找店員問個清楚。可能是我的怒氣，從昨晚到今天都沒有找到宣洩的出口吧，聽我滔滔不絕抱怨整個狀況的新進店員，顯得有些驚慌。

當另一個店員出現，我和他四目交接時，彼此都十分訝異。

「高小姐？」張欣銘露出詭異的笑容。他穿著Fnac的店內背心，看起來比那天在健身房裡的年齡還要更小，簡直像個學生。

「你，在這裡打工？」我說得有些顫抖，因為想起剛剛的失態。

「打工？我已經不是學生了，我從研究所畢業一年多了，一直在這裡的書籍採購部工作，不算是做外場的店員。剛剛這位同事上來找負責家電部門的同事，我看他找不到人又顯得很緊張的樣子，所以自告奮勇陪他來看看。」

我在張欣銘的心裡想必已經變成一個找碴的瘋女人吧。我只好趕緊轉移話題，告訴他我的音響發生了什麼狀況。張欣銘與那個新進店員兩個人把我的音響抬出來，很認真地開始測試與檢驗。他整個人一會兒把頭縮在音響背面，東拉西扯連結音響的電線，一會兒又到音響正面的儀表板上調節按鈕。

我佇立在原地看著張欣銘，發覺他的髮際透出了汗水，但臉上的神情卻完全沒有顯露不耐，他的專注似乎使我明白曾嫚麗所謂的「流汗與用力的男人最有魅力」是什麼意思了。

我繼續看著，卻忽然發覺這個畫面，不就是昨夜我所期待會出現的嗎？只是眼前的男人從我的男友，變成一個與我毫不相干的陌生人。

我忽然間感到有些暈眩，趕快靠坐在櫃台邊緣。

「還好嗎？」張欣銘問。

「沒事。」我說謊。

「音響應該OK了，是個健康寶寶了，恭喜妳。」他露出燦爛的笑容。

「到底怎麼回事？」

「一些設定沒有完成，不過，最重要是妳接錯了音響線。」

我尷尬地笑起來。張欣銘替我打包好音響，對我說：

「任何東西倘若沒有接對線，永遠都是不會發聲的。」

又是格言。張欣銘為什麼每次都能說出命中我感情生活的警句？

我拎著音響搭捷運回家，一路上思考著張欣銘說的這句話。沒錯，我和阿倫大約永遠不可能再接對線，不可能對彼此發聲，不可能產生愛情的共鳴了。

Microsoft FrontPage。開啟新網頁。插入表框。插入水平線。分割儲存格。從檔案插入圖片。輸入文字。複製捷徑。建立超連結。合併儲存格。設計廣告橫幅員。計數器歸零。動態HTML效果。在瀏覽器中預覽。發送至伺服器。

我第一次學會網頁設計的時候，突然發現這個世界若是真的這麼單純就太美好了。一個指令一個動作，在網頁設計的軟體世界裡，只要你學會了程式與指令，滑鼠一點擊，想要的畫面就會乖乖呈現，好有規律好聽話。

可惜人心與情感都太幽微，永遠是我們不能掌控的。股市跌破四千點，台幣兌換美元貶值到三十五元的這一天午後，我在公司面對著電腦裡的網頁設計發呆，然後把Word檔案裡那些生活計畫開啟，像無能的總統閱兵般瀏覽一遍。

我真希望我活在網路世界裡。那麼我便可以設計一個指令，不顧生活經濟後果，立刻辭職，離開這個明天來上班可能就倒了的公司；我可以下一個指令，百分之百地投入所有的生活計畫裡，不允許只是害怕寂寞才去執行；當然，我也終於可以鼓起勇氣斬斷八年來與阿倫的情感，即使曾經有多麼美好的回憶。

我必須承認張欣銘的出現以及他說的話，確實在我的心裡產生了漣漪，也讓我對阿倫的態度更加質疑。可是過了幾天以後，我的惰性與「婦人之仁」的心態又讓許多事情擱淺下來。

曾嫚麗自從上回在亞力山大發生那件烏龍事情以後，好一陣子都沒有來運動了。星期五晚上，我運動完經過霓虹閃爍的華納威秀時，終於接到她的來電。

曾嫚麗想約我出來碰面。我們其實很少在亞力山大以外的地方碰面，我想她這麼晚突然找我，必然有重要的原因。

我和她坐進in house餐廳。她看起來完全像是另一個人，神情落魄，坐定位以後便不發一語。Chillout和Lounge Music交互流竄過室內的熱帶植物，飄落在我們的酒杯裡，我們不斷啜飲，可是曾嫚麗一點也不能自在放鬆。

「到底怎麼回事？」我忍不住問。

「這幾天他一反常態追問我背著他還跟多少男人有關係，我氣得跟他攤牌，說全是因為他沒空照顧我，才『害我』對別的男人產生好感。」

「結果呢？」

「結果他竟然也跟我攤牌。說我對待他總是騎驢找馬，把他當傻蛋。」

「他不會哭了吧？」

「是我哭了，」曾嫚麗說著說著竟然落下淚來：

「他居然氣憤地告訴我，他不是傻蛋，他也不是沒空，他只是不想多花時間在我身上。他愛上了醫院裡的實習護士。」

「他為了氣妳，隨便說說的吧？」

「我當初也這麼以為。結果今天晚上，我去他醫院附近的宿舍找他時，竟然目睹他跟那個女人搞在一起。他故意的，他知道我要來找他。」

曾嫚麗放聲大哭，惹來別桌客人的注意。

「太噁心了，妳不是氣死了？」

「我氣得大罵他們，怎麼不乾脆穿起白色醫師袍跟護士服來搞呢？要演色情片給我看，就給我演得像一點！」

「妳真是鎮定啊，罵得這麼精采。」

「才怪，我當時說得沒有這麼鏗鏘有力，我是哭著說的。他竟然還頂我，說他『沒把我甩了就不錯』了！」

好熟悉的台詞啊。我安慰曾嫚麗，結果她充滿警告地對我說：

「告訴妳，說不定妳男友也是這樣。妳以為他在妳面前懶洋洋的，搞不好只是因為妳的緣故。鳳珊，離開這個男人吧！我們一起找尋我們的新天地！我們已經二十八歲，很快就破三十了，不能這樣蹉跎光陰！」

或許阿倫也有第三者吧。可是我仔細想想，阿倫對我失去熱情，我對阿倫感到失望，其實只是我們兩人之間的問題，並非有沒有第三者的關係。

我真的應該找尋自己的新天地嗎？

曾嫚麗心情平復以後，已經是半夜一點鐘了，所幸明天不用上班。我陪她回家以後，一個人坐在計程車上，拿出手機，沒有任何來電顯示。

被一個男人掛念的感覺，我已經好陌生了。

阿倫一定不知我現在還沒回到家吧，他投注他的生命在事業與應酬上（或許還有第三者），變成一個粗心的人。

我回到家裡，看見我的洗衣籃被拉到客廳來，而且裡面裝得滿滿的竟然是阿倫的衣服。上面放了一張字條寫著：「鳳珊，我的洗衣機壞了，衣服都沒辦法洗，這個週末要飛去高雄辦活動，這些就麻煩妳了。」

我摀著鼻子翻動那籃衣服，發現其中有一件沾滿冰淇淋污漬的襯衫，是他兩個星期前就在這裡弄髒的，我不敢相信他堆到現在。

我怒火竄燒，把字條丟進音響邊的垃圾桶時，瞥見音響上的一張名片。

張欣銘。我忽然很想見他。我握起那張名片，可是拿起手機撥了電話給阿倫。阿倫口氣充滿不悅地抱怨：

「幾點了，幹嘛這麼晚打來？我明天一早要去高雄耶！」

「我們分手吧。」我鼓起勇氣說。

阿倫遲疑了一下，說：「妳這麼晚發什麼神經？」

「你聽見了嗎？我說，我們就這樣，分開吧。」

「哎喲，」他搞不清楚狀況地說：「不用分開洗啦，妳一起洗就好了啦！」

我掛掉了電話，深呼吸了一口氣，從冰箱裡拿出一杯昨天泡好的冰涼檸檬水，可是喝了一口就倒進水槽裡。

在半夜兩點的台北城裡，一個倒掉一杯苦澀檸檬水的女人，竟然終於結束了一段停滯八年的感情。我拎著一大包的髒衣服，踽踽獨行在暗街中，最後把那些衣服，心平氣和地丟進了轉角的舊衣回收桶裡。

第二集

張欣銘

①吉本芭娜娜《本日的、吉本芭娜娜》，日文傳記，新潮社，二〇〇一年七月三十日初版一刷，日本文學書區。已上架。

②Amy Tan《The Bonesetter's Daughter》，英文小說，Ballantine Books國際版，二〇〇一年八月初版，原文小說區。已上架。

③Russell Hobban《Amaryllis Night and Day》，英文小說，Bloomsbury出版，二〇〇一年初版，原文小說區。補書完成。

④海梅・巴以利《昨天的事我已不記得了》，翻譯小說，麥田出版，一九九九年四月一日初版，世界文學書區。補書完成。

⑤紀大偉《戀物癖》，中文小說，時報出版，一九九八年十月二十七日初版，文學書區。等待補書。

究竟有多少個作家願意承認，每一本文學著作——所謂崇高的心靈結晶，只要進入競爭激烈的書店以後，其實就跟超級市場裡琳琅滿目的食品一樣，全都變成了等待釣客的商品呢？優勢的是，放在不鏽鋼鐵架上的食物會過期，但文學書只要不下架，永遠沒有保鮮期限；劣勢的是，食物能在三秒鐘之內讓飢渴的人獲得快感，文學書卻永遠不可能讓讀者在翻開書的第一頁就達到高潮。

可惜我在書店工作久了以後，發現人們愈來愈沒有耐性看書了，甚至避之唯恐不及，彷彿那些文字只會讓他們性冷感。於是我常常想，我的工作就是想辦法把一些好書，放置到正確而醒目的位置，並且適時請出版社補書，好讓逛書店的人有機會感覺到每本書身上所散發的「樸素的性感」。

就像此時此刻，我終於整理完畢的退補書工作。

我關起電腦，伸了一個懶腰，抬頭看看時鐘，原來已經是下班時間了。

脫下制服背心，我拿起背包離開辦公室，走進賣場。

「不一起吃晚飯嗎？」

在賣場查書的 Jenny 看見我，微笑問著。Jenny 是書籍部門的員工，她留著一頭設計感十足的短髮，個性開朗，與人為善，無論是同事或是顧客，總有許多人喜歡她，並且想要追求她，但是那些人，Jenny 彷彿永遠看不上眼。

「謝謝，我運動完再吃，你們先去吃吧。」我回答。

「運動完吃東西，不就胖回去了？」

「正好我一直胖不起來。」

「你才不會讓自己胖起來。我不相信你要去運動，八成是跟女朋友約會。」

「我沒有女朋友。」我無奈地笑起來。

「連『胖仔』都有女朋友了，你怎麼會沒有。」

胖仔是我們公司裡最肥的警衛，最近他竟然交到一個如花似玉的女子。

「就是連他都有女朋友，所以才想胖一點，說不定可以改變命運。」

「拜託，是你標準太高了，很多女人喜歡你的。」

「是妳的標準太高吧，很多男人其實都在妳背後哭泣。」

「你就沒哭。」

我和 Jenny 相視而笑。與她道別以後，我發現在 Jenny 身後的書架前有一名女子正在注視我。當我看見她時，她顯得羞澀緊張，趕緊轉身。我的目光隨著她轉身移開，然後，看見在那女子的身旁又有另一名女子在注視我。

她是高鳳珊。她知道我看見她，走過來問我：

「看起來你很受歡迎喲。」

「我只是不討人厭。妳下班了，來買書？」

「也不是，恰好經過隨便逛逛而已。」她笑起來。

不知道為什麼，高鳳珊笑起來有些僵硬。她大概不是個擅長說謊的人。

「我下班了，要去亞力山大運動。妳呢？」

「喔，我，嗯，也正打算要去。」

她說完以後停了幾秒，欲言又止的樣子。高鳳珊今天看來有些奇怪，整個人的狀況似乎不大好。我等了一會兒，為了避免她尷尬，趕緊開口說：

「那麼一起去吧？不介意的話。」

我和高鳳珊進飛輪教室裡踩腳踏車，恰好還剩兩個相鄰的位子。

「對了，Jacky還好嗎？」高鳳珊問。

「這幾天都沒時間跟他聯絡，也沒在亞力山大遇見他。嫚麗呢？」

「她跟男友分手了，很慘烈的，正在療傷中。」

「是嗎？那麼也在療傷的Jacky不就又有希望了？」

「說不定他們現在已經背著我們一起『療傷』了。」

我跟高鳳珊兩個人忍不住笑出聲來。

飛輪教室不一會兒就擠滿了來上課的人。一名女教練走上前台，調節好音響和燈光以後，身手矯健地跨上一輛面對我們的飛輪腳踏車。

「Hi, everybody, are you ready?」

女教練戴起耳機式麥克風，提高音量問大家準備好了沒有。依照慣例，所有人也投以相同的音量回答：「Ready!」

我的眼角瞥見今天看來狀況不好的高鳳珊。

「高小姐，可以嗎？」我關心地問。

「只要不是搏擊課就沒問題了。」她充滿信心地回答。

「沒錯，信心是女人唯一的健身良方。」我點點頭。

「謝謝你，格言先生。我想你絕對不能來健身房應徵廣告文宣，這句話會讓他們恨死你。」她笑著說。

飛輪教室裡播放起張惠妹的〈三天三夜〉，Bass的強烈聲響讓地板砰砰地震動起來，配合旋轉燈光忽明忽暗的變化，有一股很迷幻的感覺。女教練喜歡大家跟她一起奮力踩踏，同時也放聲高歌，偶爾還要我們舉起雙手大聲吼叫。

高鳳珊忽然對我說了一句話，但教室太吵雜，我聽不見。

「什麼？」我提高音量問。

「我說，這麼充滿活力的女人，真好奇她的男朋友是怎麼樣的人？」

「可能是懶人一個。」

「你說什麼？」她皺起眉，聽不見。

「懶人！」我大聲說。

女教練忽然停止了音樂，所有人看向我和高鳳珊，讓我們非常尷尬。別人一定以為我們是一對正在爭執的情人。恰好中場休息，我和她趕緊竄逃出來。

騎飛輪腳踏車看似簡單，但其實整套課程非常耗費體力，我和高鳳珊才騎了一會兒就汗如雨下。就在我們氣喘如牛的時候，教室裡傳來一陣驚呼聲。所有人在教室裡圍成一圈，手忙腳亂。我立刻衝進教室。

一個女人竟然昏倒在地。她是剛剛坐在我前面的女人。

「教練呢？大家怎麼只是圍在這裡？快去找她呀！」高鳳珊慌張起來。

「別緊張！麻煩一個人快去找工作人員，這裡讓我來，」我對高鳳珊說：

「請幫我拿角落的氧氣筒。」

飛輪教室裡的空氣很不流通，我抱起那個女人來到疏散後的走道上。

我找了一塊墊子將女人的腳墊高，然後蹲下來將她的頭枕在我的手肘上，讓她原本彎曲的身體舒服地躺平。高鳳珊拿來氧氣筒，我讓她呼吸了幾口新鮮氧氣，這時健身房的教練和工作人員也拎著冰敷袋趕來了。

冰敷過後，女人終於清醒過來。她的嘴唇和臉色都十分的蒼白。

「要送醫院嗎？」旁人問。

「妳還好嗎？」我問她。

「頭，有點昏。」她勉強撐開重重的眼皮說。

「可能是血糖過低了。我想暫時不需要送醫吧，讓她進休息室躺著，另外看看你們有沒有糖果或巧克力可以給她吃，幫助她升高血糖。」我說。

大家一時之間都沒有這些東西。我去外面的便利商店買了巧克力糖和運動飲料回來，女人吃下以後，果然頭就不暈了。

工作人員決定攙扶起她，帶她走到休息室裡。可是，就在她走不到幾步路的時候，她忽然發出作嘔的聲音。我看狀況不大對，趕緊脫下身上的T恤，她又作嘔起來，接著，整個人就往前顫動，我迅速拿著衣服衝上她的面前。「噁」的一聲，一陣刺鼻的惡臭四散開來。

那個女人忍不住嘔吐在我的T恤上了。

✸

半小時以後，女人總算恢復體力，而我也梳洗完畢，並且還免費獲贈了一件健身房的T恤以資紀念。

我和高鳳珊此刻正走在前往捷運站的路上。高鳳珊稱讚我：

「你的危機處理很不錯，冷靜並且有誠意。當我看見你為了她，奔波於健身房和便利商店，甚至犧牲掉自己的衣服時，坦白說，還挺感動的。這一幕讓我感覺，你是真的用心在幫忙別人，不是敷衍而已。」

「別這麼說。即使是微不足道的幫助，快樂都會讓心情開成一株繁花盛開的大樹。」我笑起來。

「救人一命的超人又變回格言先生了。」高鳳珊揶揄我。

眼前出現一對老夫婦，他們顯得很茫然的樣子。一問之下才知道，他們找不到習慣搭乘的公車站牌。事實上，那些站牌因為施工已經往前移動了。

「我想帶他們去站牌那裡，他們肯定找不到的。妳有事可以先走。」

「我在這裡等你。」她說。

我帶老夫婦找到站牌以後，回來與高鳳珊碰頭。她笑著問我：

「你還說你不是超人？剛剛不就又去幫助陌生人了？」

「我不是超人，我很平凡的。」我搖頭。

「無論如何，你的確是我少數看過如此熱心的好人。」

「其實世界上比我還要熱心的人很多。」

「但是熱心又愛講格言的男人絕對鳳毛麟角。」

「謝謝妳，高小姐。」我聳聳肩，似乎只能這麼回答她了。雖然我很清楚，我真的不是她所想像中那種很熱心的人。

「請不要再叫我高小姐了，不覺得太客套了嗎？難怪你常常講出格言，我想你太過嚴肅了。」

我點點頭答應她。我們兩個人搭不同方向的捷運，她要搭的車先來了。我跟她道別，她背對著我忽然轉過頭來問：

「為什麼你覺得她的男朋友會是個懶人？」

「什麼？」我聽不懂。

「你為什麼認為飛輪教練的男朋友是個懶人？」

我想起來了，可是她為什麼想知道呢？

「我只是隨便說說的。因為女教練很能幹，她的男朋友如果不體貼她，就會把一切的事情就推給她做吧？如果那個男人再爛一點，說不定連洗髒衣服或組裝家具這種事，都會推給女教練喔！」我笑著回答。

我只是開玩笑罷了，可是高鳳珊卻面色凝重，令我有些意外。她走進捷運車廂裡，我站在月台上再向她道別一次。車門警示音響起，她忽然說：

「我昨天跟男友分手了！沒錯，他就是你說的那種大懶人、大爛人！」

捷運車門關起，列車啟動離開。

只留下一臉錯愕的我，望著空盪盪捷運的軌道，徬徨得像個闖禍的小孩。

✷

原來高鳳珊剛和男友分手，難怪她看起來不大對勁。

我覺得好懊悔。高鳳珊今天是刻意來書店的吧，她恐怕需要一些幫助，結果我非但沒有幫上忙，最後竟然還說錯了話，挑起她不愉快的情緒。

我哪有資格稱得上熱心的好人呢？

是的，熱心的好人。像是一句咒語，從小到大這個稱呼就命定跟著我，所有我周遭的人，總結我的行為舉止與態度時，永遠都會如此認定我。

張欣銘，今年二十六歲，一個熱心的好人。任何人發生任何事，只要他在，他都樂意主動幫忙解決。愛好閱讀，熱中圖書，因為飽讀詩書所以經常口出格言。他努力學習藉以達到不同階段的人生目標，很幸運的是他都實踐了。從英美文學研究所畢業後，在台北一間法資的書店裡擔任圖書採購專員。感情狀態目前單身，充滿各種可能性。

這就是大家眼中的我。對他們來說，我關心所有朋友的問題，並願意扛起解決的重責大任去把狀況搞定。我彷彿好到不但該當選十大青年，還應該獲得好人好事市民代表，最好接下來就去抓執政黨弊案，以洩民怨。

所有人都拿我的個性來稱讚我，但我一點都不喜歡。

張欣銘，卡在尷尬的前中年期，是個學不會說不的「爛好人」。久而久之，原來自己可以解決事情的人，乾脆都找我幫忙；那些從來就怕麻煩的人，更理所當然把包袱丟過來。好不容易唸到碩士，大專院校卻多到招不到學生，碩士滿街跑，我只好窩進書店裡謀生。我沒什麼特別的人生目標，許多事情想都沒想過卻出現在眼前，全是無心插柳柳成蔭。別人覺得幸運，我卻困擾至極。談過幾次戀愛，但因為消極的態度使然，常常還沒有搞清楚要什麼，事情卻已經結束。

這是我的祕密；只有我明白，這才是真正的我。

有一夜，當我忙著別人的事，忙到失眠又胃痛時，才忽然領悟到我善待別人，最後卻累死自己，而那些告訴別人的格言，根本只是預言自己。

我漸漸懷疑，在熱心助人與說格言這兩件事上，我大概患了強迫症。

✸

兩天後，我下班離開公司時，大樓門口又看見了上回在書店裡直直注視我的女生。這次我看清楚了她。她是個蓄著長髮的清秀女孩，很年輕但是很具有女人味。當她發現我看見她，仍然顯得慌張，立刻偏過頭。

我奇怪她到底在等誰？更不懂為什麼看見我的時候，總是那麼不自在？

在微風廣場吃完晚餐準備回家時，我接到好久不見的 Jacky 來電。他一副神祕兮兮的樣子，說要請我到 Champagne 喝酒。

等我到了 Champagne 以後才發現，他並不是一個人。他和曾嫚麗親暱的坐在一起，果然攜手走出了療傷期。

我們相互打過招呼後，趁著曾嫚麗去洗手間時，我問Jacky：

「你真的跟曾嫚麗交往了？」

「我們都做了愛做的事，這樣算不算交往？」他反問。

「對別人說可能是，可對你來說就不一定了。」

「喂，你這什麼話？我不是以前的我了。」

「你不是曾發誓這輩子只跟外籍女人來往的嗎？」

「現在台灣景氣太差，應該創造『經濟內需』。」

「希望你不要偷偷進行『境外轉運』。」

「跟你說我不一樣了嘛，我現在是『根留台灣』的。」

「總之，曾嫚麗才剛跟男友分手，可能只是一時心靈脆弱，你如果要和她在一起應該真心誠意，否則她會受傷更深。」

「你真不了解嫚麗，她難過的原因不是分手，而是她不能接受她怎麼可以被男人給甩了。她跟我交往絕對是兩情相悅的。」

「那就好。」

「倒是你，有沒有對嫚麗的朋友高鳳珊產生高度的興趣？聽嫚麗說，她不是也跟男友分手了？」

我差點被喝到一半的House Red Wine給嗆到。我告訴他：

「不是每個分手的人，目的都是為了談一場新戀情。」

「創造呀！創造出對方想要投資的意願。你必須為自己創造『利多』。唉，總之，你這個人真怪，怎麼對談戀愛這種事提不起勁來？」

「我有哪一點好，別人幹嘛一定得選擇我？」

「你很好！認識你的人都知道，你是個熱心的好人，是嗎？」

拜託，又來了。

「什麼熱心的好人呀？」曾嫚麗邊問邊回到座位上來。

「欣銘啊，他總是熱心助人，大家都喜歡跟他交朋友。」

「對，我聽嫚麗說了，那天你還在亞力山大救了人！」嫚麗興奮的。

「不算什麼救人啦！而且，我真的不是什麼特別熱心的人。」

我才無奈的剛剛說完，坐在我們隔壁桌的一個女孩子就不小心打翻了酒，玻璃杯碎片灑落一地。我看見她準備徒手撿拾，竟反射動作般地衝到她面前。

「不要用手！會割傷！」我驚呼。

女孩大概被我嚇到了，只沉默的點頭，蹲在一旁。

我抽出面紙和紙張，把碎片集中起來，然後請服務生用掃帚掃起來。

事情解決以後，我忽然意識到我又主動去幫陌生人了。我為什麼不能克制一下呢？說不定女孩並不打算徒手拾取玻璃，只是她還沒有抽出面紙罷了。

「好人會有好報的。」曾嫚麗豎起大拇指稱讚。

「不用不用，無功不受祿。」我緊張地說。

「我剛剛幫你約了鳳珊，她等一下就到囉！」

「幫我？」

「沒錯，你是個熱心的好人啊，鳳珊也該有一段好戀情。」

「你真好命，別人都幫你安排好了。接下來，你只要順水推舟就好啦！」

Jacky補充說道，他喝下一大口酒，摸摸曾嫚麗的頭。

我並不需要別人來幫我安排什麼呀！我根本還沒有想要跟高鳳珊怎麼樣，然而旁人又把我推上船，送進河道，決定我的方向。

高鳳珊打電話告訴曾嫚麗，她再過五分鐘就抵達時，曾嫚麗竟然在掛線以後告訴我，她突然想到今天晚上忘記餵狗，恐怕必須趕快回家了。

「可是，不是跟高鳳珊約好了嗎？」我反應有些激動。

「對不起，我剛剛才想到的，你就幫我跟鳳珊說一聲，她一定會諒解的。反正，你們也算認識嘛。」曾嫚麗說。

此刻，我終於知道曾嫚麗是故意的，她想湊合我跟高鳳珊。

一會兒，她和Jacky共同起身，我訝異地問：

「Jacky，你也要走？」

他彎下來，在我耳邊邪邪的笑著說：

「嫚麗要餵狗了，今天我就是那隻狗。你們也好好玩吧！」

他們兩個人果真就這樣離開了，留我一個人在Pub裡。

不久，高鳳珊終於出現在我的眼前。

「是你？」她奇怪的問。

我尷尬的看著一臉困惑的她，試圖解釋整個狀況：

「對不起，其實是……」

「我知道了，」高鳳珊打斷我的話，搖搖頭說：

「一定是嫚麗又以為自己變成丘比特，想幫人牽線了。」

「但這回是和Jacky共同擔綱演出。」我聳聳肩說。

高鳳珊顯露出一副「果然如此」的表情。她坐下來，點了一杯Screwdriver。

今天，她看來仍不開心。有好一段時間，我們只是客套的寒暄著，沒有聊開什麼話題。後來，我們根本就沉默下來了，耳邊只剩下音樂與其他桌的談笑聲。

她看著酒杯，好像在想什麼，然後，她突然失笑。

「那天晚上，很不好意思。」她說。

「妳是指捷運站的事嗎？我才覺得抱歉，無意間冒犯妳的私事了。」

「不，是我自己情緒上的問題，與你沒有關係。」

「現在，還是沒有好一點嗎？」

「我的個性不像嫚麗那樣灑脫。」高鳳珊搖頭。

「可是妳看起來是個很果決的女人。妳後悔了嗎？」

「也不能說是後悔。這種感覺很難說清楚，就好像是把家中某一件用了八年的，漸漸毀壞而不再需要的舊家具終於丟棄，家裡的空間或許因此可以有所變化了，但深夜坐在客廳環顧四周時，總不免還是有點惆悵。」

「也許妳可以去二手家具店把它給找回來。」

「不了，很多堆在家裡的東西，都是壞習慣和惰性所累積起來的，既然終於下定決心清倉了，就該狠心丟棄吧。我很難得這麼果斷的。」

「是啊，妳忘了嗎？習慣要不是最好的僕人，就是最壞的主人。但是，我以為妳是那種任何事都安排的好好，並且積極實踐，絕不堆積計畫的現代女性。沒想到，妳竟然也會認為自己懶惰？」

「我看起來真的是這麼俐落的女人嗎？」她笑起來問。

「當然。應該很多人都這麼以為吧。」

「不是很多人，是每個人。但其實那真的都是誤解，我不像你。」

「我？」我狐疑地看著她。

「你是個熱心的好人，別人在你面前有難，你比誰都積極。我看，你才是那種積極實踐人生目標，努力向上的好青年吧。」

緊箍咒又出現了，我的頭好痛。我學高鳳珊，無奈地向她告解：

「不是妳看，是每個人都這麼看。那都是美麗的誤會。」

高鳳珊露出會心一笑的表情。

「不要太惆悵，妳會找到更合適自己生活品質的新家具的。妳得對自己捨棄壞家具的決定有信心。」我鼓勵她。

「我會努力的。你不是說，信心是女人唯一的健身良方嘛。」

原來，她一直都記住我說的話。

高鳳珊的手機忽然揚起鈴聲，她接了電話，心情變得很愉悅。

「這麼開心？該不是舊家具準備要送回家了吧？」

她掛線後，我開玩笑問她。她臉上的笑容仍未散去，她回答：

「是我十年前，大學一年級參加社會服務社團所認識的一個小男生。他是個個性倔強的男生，從小跟外婆住，雙親離婚了，都不在身邊。每次我們去做『社工』時，他誰都不理，卻偏偏聽我的話，我自己也覺得很特別。後來我猜想，別人或許都用一種服務的心態，可我卻像是家人一樣對待他，該鼓勵或是該責罵，從來不馬虎，結果他反而接受了我。」

「你們一直保持聯絡？」

「偶爾。他今年都十八歲了。」

「已經成年了，看來恰好具備了成為新家具的資格。」我打趣地說。

「別瞎說了，我只是她的大姊姊，也只當他是個弟弟。」她說：

「我現在每個星期六還是會去做『社工』，他也投入了這份工作。」

「妳果然把生活安排得好好的吧，不能強辯了。」

「哎呀，你不了解我的，」高鳳珊突然話鋒一轉問我：

「對了，熱心的好人，有沒有興趣找個週末一起跟我們去做『社工』？」

「妳開口邀請我了，這下子想說自己並不熱心助人都不行。」我笑著。

我答應了她，她開心的點點頭。

高鳳珊說我不了解她，事實上她也並不了解我，然而不知道是否因為酒精的關係，不熟稔的彼此，這一晚在Champagne卻仍像老朋友一樣相談甚歡。

生命裡總有許多事，想都沒想過卻出現在眼前的我，這一次竟忽然開始思考高鳳珊的出現，會不會也是其中一樁冥冥之中的安排？

我原本反感曾嫚麗與Jacky的牽線，現在卻認真在想，我該像過去一樣讓一切自然發展，還是真正主動地做一些什麼事情呢？

我真希望現在有人跑到我面前，告訴我一句醍醐灌頂的格言。

✸

第二天我進辦公室上班時，看見桌上擺了一盒巧克力和一張小卡片。卡片裡寫著是送給我的生日禮物，但是沒有任何署名。

我的生日還有三天才到，是誰送給我的呢？我問了同事，卻沒有人知道，都說進辦公室時就看它待在那裡等我了。我開玩笑說，這肯定是某個同事放的吧，否則不就是竊賊闖入公司嗎？

奇怪的是，第二天，我的桌上又出現不同款式的巧克力。

等到生日當天，我根本不敢進辦公室裡，乾脆待在書店賣場裡查退補書。

「欣銘，你桌上的小蛋糕，要不要放進廚房冰箱裡呀？」

蛋糕？同事經過我身旁時告訴了我答案。

「怎麼回事？」一個男孩聲音從我身後傳來。

我轉身，原來是好久不見的李稚。今天的他戴著一個新的水晶耳環，頭髮染成咖啡色，穿著垮褲，一身滑板少年的模樣。我第一次見到他時，直覺認定他是個沒有什麼內涵，一戳就爛的「草莓世代」，後來才發現那只是他的外表，他其實對於文學、電影和音樂都很著迷，也有相當的研究。

我向他微笑，但他只是點點頭，嘴角稍稍動了一下而已。

李稚一如過往的把青春男孩的酷樣寫在臉上。跟他不熟悉的人都會害怕他的態度，可是熟識以後會發現他雖然有些冷漠，但其實還算是個熱情而純真的孩子，甚至偶爾也有滑稽的舉止。

「今天有同事要幫你慶生？」他冷冷地問。

「沒有。只是不知道是誰，已經連續兩天送了我巧克力，今天竟然還放了一個蛋糕在我的桌上。」

「還不簡單，就是公司有人暗戀你吧？我猜是她。」

李稚看向遠方，那人是站在收銀台前面的Jenny。

連不認識Jenny的李稚都這麼以為了嗎？這兩天，的確有男同事私下猜測，很可能那些巧克力是Jenny送的。他們說，Jenny常在大家面前稱讚我。

「不會的，我們認識一年了，如果真要表白，她何必拖到現在？」我說。

「她想化暗為明了。」

「很多人追她的，她有太多優質的選擇，只是還沒有做決定罷了。」

「沒有做決定的原因在於你還沒有愛上她。」

我注視著李稚，懷疑地問：「你什麼時候變得滿嘴愛情？你談戀愛了？」

「最近在Bar裡遇見一個男人，他正在追我，我已經拒絕他好幾次了，可是他很不識相，一直瘋狂的纏著我。」

李稚有著很新世代的大刺刺性格。他從不隱瞞他喜歡男孩的性傾向。

「是個很激情的男人吧。」我邊整理書邊說。

「接近於濫情了。我不喜歡這樣的男人。」年紀輕輕的李稚認真地說。

「等你再大一點，便知道所謂的真愛和理想情人都是很難找到的。」

「你覺得什麼是真正的愛？」他忽然問。

「真正的愛，不是濫情，不是激情，而是，默默的付出。」我說。

「那麼，什麼又是理想的情人？」

「不如你先告訴我吧？」我笑著反問他。

「我很幸運，已經找到了理想的情人。」

李稚說完以後，我才發覺自己問錯問題，但為時已晚。李稚接著說：

「你明明知道，那個人就是你。」

「我不可能喜歡上你的。」我壓低音量說。

「你不接受暗戀你的女人，又不接受我，你難道是人獸戀？」

我失笑。李稚一副好認真的表情，我看了更覺得好笑。

「我是人獸戀沒錯，我多麼愛史努比啊。」

我才剛剛說完話，李稚就把他的T恤拉起來。我赫然見他肚臍底下露出的大半截內褲，竟然就印滿了史努比的圖案。

「你在跟我表白了?」他揚起一種占上風的笑容。

我傻笑，無奈地搖搖頭說：「都跟你說過這麼久了，你還堅持著?這樣子，你跟那個瘋狂追你的男人有何不同?」

「當然不同!我一點也不濫情，不激情，這不是你說的真愛嗎?」

「李稚，我不喜歡男人的。」

「你可以的，你只是不想。否則那個晚上，你怎麼不拒絕?」

「不要在這裡說這個了。」我離開李稚，走到另一個書架前查書。

「晚上我請你吃飯。」李稚走過來說。

「你還是學生，不要亂花錢。」

「你很煩吶!今天是你生日，就這麼說定了。我已經訂了位，八點鐘，在in house餐廳見。」

他正準備離開時，忽然問我：「暗戀你的那個女人怎麼了?」

我回頭看，看見Jenny在書店角落裡正與人爭執。我看不清楚對方是誰。

我走上前看有什麼需要我幫忙的時候，赫然發現方才被Jenny擋住的那個人，竟是常常出現在Fnac裡偷偷注視我的女孩。這一次，不只那個女孩，連Jenny也一同轉頭看著我，我被看得很心慌，趕緊轉開目光。

「那個長髮的女生我見過，」李稚告訴我：

「她是個女同志。我在晶晶咖啡館的聚會上見過她的。」

✸

我是個「爛好人」，在感情裡也是如此。不懂得拒絕，不知道真正要什麼，很多事情來到我眼前，我就順水推舟的讓它們發生了。

半年前的某個週五晚上，我在西門町的錢櫃KTV認識了李稚。那天，我和Jacky等一干大學朋友唱完歌，彼此道別以後，來到大廳時發覺外頭下起滂沱大雨。我拿出背包裡的折傘，正要離開時，看見一個年輕的男孩從騎樓裡不慌不忙地走進大雨中。我忍不住熱心幫人的念頭又猛然升起。

「搭捷運、公車還是計程車？我送你一段吧，太大雨了。」

我讓他躲進我的傘下。因為傘太小了，兩個人靠得特別近。

「我叫李稚。」他靠我更緊了。

我愣住了。這個男孩子很特別，我以為他該說聲謝謝的，然後再告訴我他準備要搭乘什麼交通工具，可是他居然先介紹起自己。

「你要去哪裡？」他現在才問，似乎順序搞反了。

我可能太驚訝了，只得乖乖回答：「肚子有點餓，想去吃永和豆漿。」

「這麼巧，我家就住永和。一起過去嗎？」

我不好意思拒絕，兩個人於是便搭計程車來到永和。他跟我一起去吃了永和豆漿，然後我才知道他根本不住在永和。

「嗯，你還要我送你一程嗎？你住在……」我難為情地問。

已經吃完永和豆漿了，此刻我們站在午夜的大馬路邊。

「我想喝酒。」李稚說。

「你想喝酒？你才高中生吧？」

「我十八歲了，大一生。」他瞪了我一眼說：

「你明天不上班吧。我知道有地方喝酒，不賴的，可是你要請我，我沒錢了。」

我真是驚訝他那一點也不害羞的要求。現在的年輕人都這樣子嗎？

李稚帶我來到安和路上的Champagne。這是我第一次來這裡。李稚鬱鬱寡歡的，似乎不想多說什麼話，我於是也只是沉默的喝酒、聽音樂。

「你喝太多了。很晚了，你家人會擔心你的。」

我終於不客氣地說。李稚已經醉了，他二話不說就站起來往外頭走。

我付了錢，跟上已經站在大門口的他。雨還是不停的下，我撐開傘，攙扶著他再度走入雨中。

我問李稚，他家到底在哪裡，我可以幫他叫計程車，可是他一直都不說話。最後，我終於忍不住了，只好站在原地再也不走。

「或者我打電話，請你爸爸來接你？」我問。

沒想到，他竟然回答：「不用了，我爸今天被亂刀砍死了。」

我震懾著，只聽見大雨落在地上啪啪作響，忽然發覺雨聲是這麼的吵雜。

接下來的一秒，李稚吻我，擁抱我，而我竟然也沒有拒絕。

李稚的淚水落在嘴唇邊，鹹鹹的，使我以為自己親吻了一道傷口。

✷

晚上，與李稚吃完生日晚餐並道別以後，我一個人走在搭乘捷運的路上。經過早已打烊的新光三越信義新天地時，我又看見了Jenny和長髮的女孩。

她們兩個站在騎樓下的石柱邊，不發一語。突然間，長髮的女孩轉身離開，Jenny卻佇立著，沒有任何反應，只是看著女孩揚長而去。想起李稚說過的話，我大約明白了什麼。一定是那長髮的女孩愛上了Jenny吧。

Jenny忽然轉身，看見了我。我很尷尬，卻又不能掉頭就走。

「生日快樂。巧克力和蛋糕好吃嗎？」

她問我。果然如傳聞中所言，蛋糕和巧克力正是她送的。

「謝謝妳，讓妳破費了。」

我仍不明白，那樣算是Jenny對我的表白行為嗎？

「你不要誤會了，我並沒有愛上你。那些東西是我放的，但不是我送的。」

「我不懂。」

「你應該常常看見那個長髮的女孩吧？是她喜歡你。她經常都會跑去書店偷看你。她知道了你的生日以後，甚至還請我偷偷放禮物給你。我告訴她你的上班時間，幫她完成送禮物的任務，她很開心，卻不知道我很難過。我一直相信我默默愛著她，有一天她便會感動的。我是不是很傻？」

一時之間，我不知道該說些什麼。

「每天都在退補書的你，推薦我一本愛情指南吧。」她說。

「愛情這種事情，哪裡有方向呢？」

「那麼，送我一句格言當作come out的禮物好嗎？我需要振奮的力量。」

我想了想，決定告訴她：

「真正的愛，不是濫情，不是激情，而是默默的付出。」

「謝謝你的格言。你過生日，我卻跟你要禮物，對不起。」

「別客氣，都是老同事了。」

我難過的輕輕撫拍著Jenny，好希望她趕快振作起來。

其實，我是羨慕她的，因為她很清楚知道自己想要什麼。我忽然也想起李稚，面對愛情，他和

Jenny都是這麼勇往直前的。

我比不上他們；我只是個想不出人生目標的爛好人。

站在捷運月台上，等候列車進站停妥時，我的手機傳來了一封簡訊。

我打開來看，意外的看見是高鳳珊傳來的訊息。

「這個週末記得有約。我們要一起去做『社工』喔！」她寫著。

這算是今天的最後一份生日禮物吧。我微笑地看了好幾遍。

我坐進列車裡，安心的閉起眼睛。未來是不可預測的，但至少這一刻我有目標。我知道捷運會載著我，抵達想去的目的地。

第三集

李稚

①所謂的藥物有兩種，一種是麻醉藥品；另一種則是精神藥類。麻醉藥品包含了海洛因、古柯鹼、大麻等等，而精神藥類則可細分為迷幻劑類的LSD（俗稱的搖腳丸、加州陽光或是白色閃光）、興奮劑類的安非他命和MDMA（搖頭丸、快樂丸或ecstasy），以及抑制劑類的紅中、白板、K他命（Ketamine或卡門）、GHB（液體快樂丸）和FM2。

②Pub裡最常見的就是搖頭丸，不過現在的搖頭丸已經不是純正的MDMA了，而是混合著其他藥劑（比如K他命）一同服用，藉此增加搖頭丸的快感視聽幻覺。最近台灣引進了風行日本的「蘑菇」，是一種吃下以後會產生迷幻藥作用的菇類植物，效果更為強烈。

③以上毒品，皆會造成人體神經系統的危害。過量服用者，久而久之會有嗜睡、焦慮、抽搐、易怒、精神分裂、頭痛、失憶、失去方向感、心律不整等等狀況。吸食毒品會造成嚴重的身心傷害，絕對不可嘗試。

我第一次嘗試吃搖頭丸時，的確失去了方向感。

那晚，我和一群朋友在Pub裡狂歡，阿力把我帶到角落，攤開雙手，要我從幾粒刻有BENZ和BMW圖案的小藥丸當中選一顆來試試看。

坦白說，我心裡有點猶豫，但是當幾個朋友湊到阿力的身邊等著我反應，甚至帶著一點「你行不行啊」的眼神時，我一氣之下便很酷的抓起兩粒，一次全部吞了下去，他們立刻爆出如雷的掌聲。

過了一會兒，我漸漸感覺失去了方向。整個空間和群眾都開始熱情的繞著我快速旋轉，像快轉的錄像畫面。我起先有些緊張，後來便升起一股輕盈而安定的愉悅感。接著，周遭的燈光竟然多出了許多我有生以來從未見過的顏色，我伸手去抓，它們飄動起來，像是浮潛時海水裡游動的小魚和海葵。我被阿力拉到舞池中搖頭擺手，忽然發覺音樂變得很立體，似乎音階的高低，音量的大小，都具象化起來，只要願意便可以拾階而上。我迷失了方向，但也找到了新方向。

這是我第一次嗑藥，不過也是最後一次。

接下來的一個星期，我幾乎都在睡。勉強去上了幾堂學校的課，剩下來的時間，我哪裡都去不了，全身懶洋洋的，無精打采，整個人變得恍恍惚惚，吐了幾次，最後連飯都吃不下。總之，我一直睡，睡完了以後再繼續睡，彷彿睡的本身才是日常生活，醒來的時刻只是休息，為了準備下一場睡。

所以，這一晚阿力在Pub裡慫恿我再度嗑藥時，我說什麼都不吃。

「很酷的啊，你忘了嗎？」阿力說服我。

阿力是我少數的異性戀男性朋友。我們是在國中時認識的，因為我曾經在某一次考試罩了他，而他也為我打了一場架，因此變成「講義氣」的好朋友。阿力知道我是Gay，雖然他不大了解也不很認同，可是他還是一直與我保持聯絡，因為他曾經說：「我要交的只是你這個人、這個朋友，其他的，我不管。」

阿力繼續鼓吹我再吃搖頭丸，可是我依然拒絕，最後他只好放棄。

他跟朋友們在舞池中戴著白手套，手搖著螢光棒奮力跳舞，我跟阿力的幾個朋友坐在椅子上，在震耳隆隆的音樂中吃力地聊天。

不知道過了多久，我把視線轉向舞池中央時，竟發現阿力一群人似乎跟陌生人起了口角，形成兩方對峙的爭執場面。但燈光太閃爍、太迷幻，坐在遠方我根本看不清楚他們。我正起身準備一看究竟時，對方其中一人竟然向我的朋友重重的揮了一拳。

「你搞什麼鬼！」

我忍不住衝到兩方人馬的中間，怒氣騰騰的指著對方說。

「乳臭未乾的小毛頭，你他馬的欠扁啊！閃邊！你也想被揍嗎？」

一個裸露上半身，刺滿紋身的中年男人狠狠地對我說。他就是剛剛揮拳的人。同時，我發現對方全是比我們年齡還要大得多的中年男人。

「你難道不能把揍人的力氣省下來，去甩掉身上的豬肚嗎？」

我不甘示弱地說完以後，有人湊到我耳邊，輕聲的告訴我：

「你真有種！他是三重黑幫的耶。」

我聽了以後有些緊張，但箭在弦上，不得不裝出一副天不怕地不怕的樣子。那中年男人面紅耳赤，撂下一句髒話，咬牙切齒瞪著我說：

「你嗑藥嗑到膽子破了嗎？好，我讓你的頭腦也跟著一起破！」

男人舉起右手的剎那，他身後的人全部如洪水般猛撲上來，我們不得不反擊，雙方就在舞池中扭打成一片，像是蠻荒的戰場。我們揍人也被人揍，音樂和燈光依然眩目，有一刻我以為置身於PS2電玩的激烈場面。

Pub裡的音樂頓時停止，店裡的工作人員用擴音器喊叫：

「危險的東西收一收，有人報了警，條子要來了！」

忽然間，大家混亂成一片，誰也不理誰了，開始往逃生門方向竄逃。

那群中年人竟趁機推擠我們，並且故意絆倒人。我回頭尋找阿力的時候，正看見他被人給撞倒。

「還好嗎，阿力？」我回頭拉他起來。

「有人撞我，真賤！」

「是那群人！」

我看見撞倒阿力的男人準備往外溜，我衝上去抓住他的衣角，他用力甩開我，我又撲上去抓他，他迴旋，用力朝我的肚子揍了一拳。

反應很快的我，立刻抓著他的手不放，但實在太痛了，我縮起身子蹲到地上，對方也被我拉得重心不穩。我憤怒地抬起頭看他。

四目交接，我們驚異的看著彼此。

「姊夫？」

「李稚？」

差一點就要揍我的男人，竟是姊姊的前夫。

身後傳來警察就要進來的消息，我被阿力拉著往逃生門走。

姊夫看著我，顯得精神未定的樣子，同時也被他的朋友拉往另一個方向走。他對我皺了皺眉，面無表情，嘆了口氣，很無奈的轉身就跑。

「那流氓是誰？你認識的？」阿力問。

我們已經跑出來，在暗夜的街角，離Pub很遠了。

「不認識。」我撒謊。

「阿木不知道有沒有逃出來？」阿力問。

「怎麼了？」

「我一大堆的 BMW 跟 BENZ 都在他那裡。」

「沒問題的。那些都是名牌車，性能很好，絕對已經衝出來了。」

阿力噗哧一笑，我跟著笑，但肚子好痛。

「我想回頭去看看。」

「警察都在那裡臨檢，你不怕危險？」我問。

「如果他跑出來，就會在另一個方向的小公園裡。每次都這樣的。」

「你去吧！」

我因為太痛，只好坐在地上。他看著我，不語，我只好騙他：

「我真的沒問題的！Pub 裡實在太熱了，這裡好涼快，讓我吹吹風吧。我很少有半夜坐在街上的機會。」

「酷 Man，有你的，被揍了卻好像沒事一樣。」阿力笑著搖搖頭。

我跟阿力道別，目送他消失在昏暗的巷道裡。我坐在地上，感覺身體發熱起來，肚子愈來愈痛。

✸

真的好痛。可是這麼晚了，我能找到誰來幫忙我呢？

我拿出手機，翻閱電話簿，看見張欣銘的名字。他的名字出現在透著橘紅光的螢幕上，在墨黑的夜裡顯得特別明亮，令人覺得溫暖。

我猶豫著是否應該找他，幾更考慮以後，還是決定放棄。

現在是凌晨一點半了，他明天一早還要上班，我不該吵醒他的。況且，他如果知道我跟朋友跑去搖頭 Bar，肯定會把我狠狠的訓一頓。除此之外，他一定還會故意取笑我，然後套一句很爛的格言諷刺我：

「最酷的冰，原來也有融化的一天。」

我真的酷嗎？為什麼大家都要說我酷？

李稚，今年十八歲，從小在外婆的照顧下，與姊姊相依為命，卓然成長。獨立自主個性冷酷，說話鋒利。具備領袖特質，所以擁有一群崇拜他的年輕朋友，常以他為崇拜的對象，但是他總還是獨來獨往，很有自給自足的本事。

其實，只有還算喜歡我的人才會說我酷。那些覺得我難以親近的人，只嫌我太過冷漠，至於不能接受我的態度的人們，根本只認為我很令人討厭。有時，甚至連我也討厭起自己。我討厭自己的酷樣；討厭用「表演」過生活。

李稚，還不到十八歲，媽媽就跟別的男人跑了，爸爸由於賭博而債台高築，被黑道追殺身亡，最後只好跟不太愛鳥我的姊姊，寄居在年邁的外婆家。我不是生下來就恰好冷酷的，我的冷漠，說穿了是一種表演，好讓人不能有機會過問私事，投以同情的眼光。我並非真的喜歡獨來獨往，我只是不想花太多力氣跟表面關心我的笨蛋說話，除非，我比那個人更笨。

但有誰會相信這才是真正的李稚呢？那畢竟只是藏在我心底的祕密。我即使連張欣銘，都未曾向他清楚交代過我的家世。

夜更深，氣溫驟降，我窩在路邊牆角，一動就痛。

最終，我還是忍不住拿出了手機，拉下臉來準備打電話給張欣銘。他是唯一一個在此刻，我願意說話的人；雖然，我還是比他聰明，但至少他不算是個笨蛋。不，我想，他徹徹底底是一個笨蛋。因為這個笨蛋，始終知道有個聰明的男孩喜歡他，但是卻像個石頭人一樣無動於衷。

我厚著臉皮按下撥號鍵，就在接通的那一剎那，不幸電話竟沒有了電。

太悲慘了，我真是倒楣透頂。我不甘心站起身子，吃力地開始徒步走向張欣銘的住所。雙腳總不需要電池的吧，只要慢慢走，一定能走到。

抵達張欣銘的家門口時，已經深夜兩點半了。穿著睡衣，睡眼惺忪的張欣銘開門見到我時很吃驚，但下一秒鐘居然笑出聲來。

「你笑什麼？你沒見到我一臉虛脫，像是受傷的樣子嗎？」

「你去參加拳擊嗎？衣服破成這個樣子？」

我沒好氣地說：「對，我輸了，不但被人朝肚子狠狠揍了一拳，並且還被懲罰來找你。現在我已經完成任務，再見。」

我轉身作勢離開，張欣銘叫住我，拉我進房。即使我明明知道他會這麼做，但心裡還是有著驚喜的情緒。

體貼而熱心的張欣銘替我倒了一杯熱水，拿出醫藥箱，替我將臉上和手上受傷的地方塗抹藥劑。他教我躺在沙發上，掀開我的衣服，塗抹上中藥藥水，把我的肚皮推揉得十分溫熱。說也奇怪，我漸漸便不那麼痛了。我再次相信，眼前這個大我八歲的二十六歲男人，有治癒我傷口的能力。

我默默看著他貼近我的身體，替我搽藥，有一刻竟衝動得想要擁抱他，但是他過度的理智和冷靜卻立刻澆熄我的念頭。

「去洗個熱水澡，早點休息吧。」

張欣銘拿出一套換洗衣服給我。是他穿過的衣服。

「你怎麼不問我，到底發生了什麼事情？」

我忍不住主動問，同時接過他的衣服，觸摸到很柔軟的質感。

「我怕問了讓你不舒服。我知道你一定是碰到了很棘手的事情吧，否則愛耍酷的你也不會這麼狼狽的在深夜兩點半來找我。」

原來細心的他並不會訓我一頓，也沒有諷刺我。

「我這副德性來找你才叫做酷。我跟朋友去了搖頭Bar，跟人發生爭執，打了群架，然後就變成現在這個樣子了。」我省略了遇見姊夫的那一段。

「不要再去那種地方了，很亂的。」

「我其實也不想去，如果，你可以陪我的話，」我環顧四周說：

「乾脆我天天來你家。你這裡應該不亂吧。」

「我這裡空間太小，容不下兩個人。」

「太小的，是你的心。」我說。

他訥訥地笑著搖頭，催促我快去洗澡，他已經放好了熱水。

我洗好澡以後，打著赤膊，只用一條大浴巾裹著下半身。我將張欣銘的衣服全部都還給了他，他困惑地問我發生了什麼事情。

「你的心太小，衣服卻太大，不適合我。」我說。

「我有很多東西都不適合你，你可以找到更好的。」

我明白他的雙關語。我轉移話題，躺在他凌亂的床上，說：

「但是你的床很適合我。這是兩個人睡的king size吧？」

「別胡扯了。快把衣服穿起來，天氣很冷的。」

「我偏偏不穿，你會怎麼樣？」我邪邪地笑起來。

「我不會怎麼樣，但是你會重感冒。一個被揍的人又患上重感冒，恐怕是很悲慘的下場。」

我忽然站起來，褪下浴巾，張欣銘窘迫的看著我，趕緊側過身子，我又故意站在他的身前，整個人貼近他。

「你真的不會怎麼樣嗎?」我問。

「你真的會感冒的。」

「陪我睡，我就不會感冒了。」

他拿起床上厚重的棉被包起我，雙手壓在我的肩頭，看著我說：

「既然我的床這麼適合你，你就快去睡吧。拜託，我明天還要上班。」

「張欣銘，你如果真的是個熱心的好人，你應該要愛我的。」

「那你不如去找紅十字會，他們才叫熱心，還會空投食物給你。」

我被他氣得說不出話來。他把房間的燈光調暗，又從衣櫃裡拖出一個睡袋放在地上。他決定今晚睡在地上，讓我睡在他的雙人床上。

「你應該快點死心。」過了一會兒，他忽然說。

「你很煩，到底要我怎麼樣?你剛才要我趕快睡，現在又要我快點死心，我現在肚子不舒服，不能同時做兩件事情。」

「我前陣子在健身房認識了一個女孩子，或許我們會試著交往。」

他的話飄盪在漆黑的屋子裡，令我有一種無邊無際的空虛感。有好一會兒，我們都緘默。終於，我強顏歡笑地開口說：

「你少騙人。你什麼時候主動追求過別人了？」

「我沒有說我會主動追求她，我只是說我們也許會交往。」

「你不要害人害己，你根本應該喜歡我的。」

「妄自論斷是人類愚昧的淵藪，」他笑起來說：

「傻孩子，我們是活在不同的世界的，無論是年齡或者是喜歡的對象。我最多只能當你的哥哥，像親人一樣的。」

我才不要親人。我的親人要不就是死了，要不就是活著也不想理我。我要一個會愛我的人；我要會喜歡我的張欣銘。

「上次我送給你的咖啡機，你有在用嗎？」我忽然問。

「一直在用。為什麼突然問這個？」

「我想喝熱咖啡。」

「現在？你瘋了嗎？已經三點半了。」

「你不是我哥哥嗎？親人應該無怨無悔對待彼此的。」

「請你這個弟弟也體貼明天要上班的哥哥，快點睡吧。」

「你的初吻是什麼時候？」我又故意問他。

「我在參加益智問答的電視節目嗎？」他氣得問我。

「快點，你說你是我哥哥的。親人之間應該說心事。」

「高中一年級吧。」

「男生還是女生？」

「女生。」

「在校園裡？」

「在電影院。」張欣銘不耐煩地說：「過關了嗎？我們可以睡了吧。」

我沒有說話，可是不久，張欣銘卻開口問我：

「你的初吻是什麼時候？」

我有些驚訝他也會反問我。我回答：「不記得了。」

「不記得？現在的年輕人都這麼隨便嗎？那麼，男生還是女生？」

「男生。」

「我想也知道。」他輕浮地回答。

我們再度跌進墨黑的沉靜裡，這次是真的準備要睡了。我側過身子，聞著被子裡張欣銘留下的味道。明明是漆黑無比的房間，我彷彿仍可以感覺看見了躺在睡袋裡的張欣銘，看見他那一張成熟與稚氣揉合的和善面容。

我怎麼不記得初吻呢？張欣銘不會知道，半年前那個大雨的夜裡，我對他獻出的正是我的初吻。他也不會知道即使感情觀再怎麼開放與隨便的年輕人，永遠也會有真摯的一刻。

第二天一早，我在濃濃的咖啡香氣裡轉醒。

張欣銘已經離開了，留下一壺昨夜我想喝的咖啡和一份bagel早餐。我把它們吃得乾乾淨淨的，心裡幻想每天都能夠吃到。我拿起充好電的手機，離開張欣銘的住所，同時撥電話給他。

「謝謝你的早餐。」我愉悅地說。

「不客氣。」

「星期六有沒有空？我們去看電影，好不好？」

「我已經跟昨天提過的那個女人有約了，對不起。」

又是她。我不大高興的說：「算了，我其實也不一定有空。」

「你多休息吧，我正要去開會不能多講了。」

掛去電話以後，傳來一封語音留言，是很久不見的姊姊所傳來的。

「李稚，陳志翰今天一大早打電話告訴我你們發生的事了。你以後不要再去那種地方，也不要跟陳志翰混在一起。他除了會賭，什麼也不會。對了，明天是我生日，晚上看你要不要來我家一起吃個蛋糕。」

我還真的忘記了明天是她的生日。

其實我跟姊姊一直都不熟。我們不是不喜歡對方，只是我們從來沒有機會可以熟稔。自從媽媽離開這個家庭，爸爸成天在外豪賭成性以後，我跟姊姊就被外婆接到她那裡住。可是外婆年紀大了，對於要照顧我們，常感到力不從心。邁入青春叛逆期的姊姊，大多跟朋友在一起，在家的時間很少。她唸高中時搬到了舅舅家，只留下我跟外婆住。不久外婆去世了，我也搬到舅舅家，此時姊姊唸了高中和大學，始終住在學校宿舍裡，我和她幾乎很少見面。

姊姊跟姊夫陳志翰是在某一年，去紐約的旅行團當中認識的。姊姊是保守的女人，對於生活和工作都有嚴謹的觀念，偏偏姊夫年紀愈大，個性愈隨性，沒有按照姊姊的期望找一份穩定的工作，甚至還向地下錢莊借錢，結交一些黑道朋友，讓姊姊的心中瀰漫著爸爸的陰影。

他們在紐約的世貿雙塔大樓上激發了愛的火花，最後卻也在911世貿大樓被炸碎的那天離婚。這麼巨大的樓層都會垮了，何況是看不見的愛情呢？

姊姊後來認識了新的男人，結了婚，但姊夫還是一直單身。我們偶爾會在住的附近碰見彼此，每次他總希望從我這裡得知一些姊姊的近況。

沒想到，我才剛剛聽完姊姊的留言以後，就接到姊夫的來電。

「李稚，昨天很對不起，我酒喝多了。」姊夫說。

「不要緊。場面太混亂了。」

「能不能找個時間，約你那個朋友一起出來，我請你們吃個飯？請你們一定要接受，這是我道歉的心意。」

我不忍拒絕姊夫，為了讓他好過一點，只好答應了他。

我約阿力出來與姊夫赴約。姊夫約在粵華軒粵菜館。

「對不起，不該對你們出手的。」姊夫向我們敬酒。

我以茶代酒，至於愛喝酒的阿力則慷慨地飲下一杯，說：

「姊夫，沒關係啦！自己人嘛，就當作是運動運動嘛！」

這一餐讓姊夫和阿力前嫌盡釋。吃完飯之後，阿力先行離開，我跟姊夫走在前往捷運站的人行道上。他從口袋裡掏出一支菸，點燃起來，也給我一支。我猶豫了一下，最後接受了，他替我點燃香菸。

「謝謝姊夫。」我其實不大會抽菸，所以容易咳嗽。

「姊夫，」他淡淡地笑著說：「還叫姊夫啊，我早就不是你姊夫囉，你現在已經有新的姊夫了。」

「我不喜歡現在那個呆板無趣的男人。」

「怎麼說？」

我想了想，也不知道該說些什麼，於是只好開玩笑地回答他：

「那男人從來沒用過信用卡循環利息。」

他失笑，說：「這樣很好，你姊姊會感覺生活很安定。」

我話鋒一轉問他：「姊夫，你還愛著姊姊嗎？」

他靜默，抽了口菸以後回答：

「愛不愛沒那麼重要了吧。我們不可能再一起生活了。」

「我可以感覺到，最疼愛她的人不會是那個男人，而會是你。」

「但是那是她的選擇。」他吐了一口煙說：

「選擇一包好的菸通常不是最貴、最優秀的，而是抽起來舒服就好。」

我大約明白姊夫的意思了。我們在街角的郵局道別，姊夫要從另一個方向走。我原本要搭捷運回家的，經過書店看見陳列的生日卡片時，決定還是買一張卡片寄給姊姊。我想，我不會出席明天晚上的邀約。

在Starbucks寫完卡片以後，我走回街角的郵局寄信。

「咦？」郵局櫃台的辦事員皺起眉頭。

「有什麼問題嗎？」我問。

辦事員抬頭，露出一抹特別的笑容，說：

「二十分鐘前才有個男人，也是寄到這個地址。他寄了一份明年度的年曆，說是紀念雙塔大樓的攝影集。」

忽然間，我感覺到一陣鼻酸，久久不能自己。

✷

晚上，許久不見的鳳珊姊終於來電找我了。

「嘿，在忙什麼？」她問。

「剛從學校上完課回到家。」

「我也剛上完日文課回來。你的聲音聽起來有些虛弱。生病了嗎？」

「果然是鳳珊姊，這麼厲害。昨天夜裡在Bar發生了些狀況，沒事的。」

「還跑這種地方？你太不聽話了。日夜顛倒過生活，很傷身體的。」

「妳的生活最有規律了。請妳下回幫我規畫一張二十四小時的生活計畫吧，讓我按照表格行程過日子就好。」

「聽起來像是懶人生活方法，沒有一點積極的感覺。」她笑起來。

「鳳珊姊打電話來的意思，是有空跟我見面了嗎？」

「上回你打電話給我以後，我一直找不到合適的時間約你出來。這個週末如果你有空，我們可以一起去老人之家幫忙，怎麼樣？」

「太好了。」我想到張欣銘不可能和我約了，於是便答應她。

我和高鳳珊是在十年前認識的。相較於我的姊姊，與我毫無血緣關係的鳳珊姊反而更像是我的家人。當年爸媽剛離婚，媽媽離開我和姊姊，爸爸無法善盡父親職責，而外婆身體又不好，在大學參加了社服社團的鳳珊姊，便偶爾會跟同學一起來看我們是否需要幫忙。

剛開始，我很討厭這群人，總覺得他們只是作作樣子罷了，後來發現鳳珊姊是真有誠意的。因為，當我真正做錯事情時，其他人從來就是包容我、忽略我，只有鳳珊姊是會就事論事指責我的人。她對我的責怪，讓我第一次體驗到家人身上的真實感覺。

星期六，我依約出現在陽明山的一間老人之家。我在大門口見到鳳珊姊。

「走吧。」我說。

「昨天忘了告訴你，今天還有另外一個人會來，必須等一下他。」

「妳的男朋友阿倫？」

「我已經跟他分手一段時日了。你還沒有update最新資訊。」

「分手了？」我很驚訝地問：「妳竟然跟交往八年的阿倫分手了？」

「那一刻我可能被鬼附身了，才興起那樣的決心。」

「那我們現在要等的是……」我很好奇。

「一個男人，」她不好意思地說：「是最近認識的。」

「真不簡單，太不像妳的風格了。你們開始交往了？」

「還不算是吧。可是我想，我們對彼此的印象都還挺好的，今天剛好有這個機會，讓你見見他。」

然而，我的好奇在那個男人出現的剎那，全部化為了灰燼。

我做夢也沒有想到，出現在我眼前的竟然會是張欣銘。

張欣銘見到我，一副難以置信的樣子。我們吃驚的看著彼此，殘酷地看見對方臉上最真實的尷尬。

「他是李稚，他是張欣銘。」鳳珊姊向我們介紹彼此。

我跟張欣銘的情緒從驚訝轉為荒謬與無奈，當然不可否認，這其中也隱含了我的矛盾和不悅。在張欣銘與鳳珊姊口中互有好感的對方，竟然都是我生命裡如此重要的人。這令我情何以堪呢？

「我們早就認識了。」我冷冷地說。

「真的？」鳳珊姊驚異地問。

「工作上認識的。」

我意外張欣銘的回答，立刻回應：

「不是在工作上認識的，是有一天在下大雨的夜裡……」

「你到Fnac查書，我們認識彼此的。」他打斷我的話說。

不是的。可是，張欣銘說得如此堅定，我竟不知道該說什麼了。我靜靜看著他，他的眼神晃動著，他很清楚他在說謊。我很難過。

這一天的社服工作，我做得心不甘情不願的。大多數的時間，我都沉默不語，一方面是賭氣，一方面也是不知道該怎麼面對現在的狀況。

清潔好宿舍以及幫忙伙房烹煮好晚飯以後，鳳珊姊提議我們一起下山吃晚餐。我哪裡還可能跟他們一起共進晚餐呢？我藉口身體不舒服而拒絕了。

回到家裡，我氣呼呼的鑽進被子中意圖「借睡消愁」，但是卻輾轉難眠。

最後我終於忍不住，衝去了張欣銘的家。

按了電鈴，沒有人應門。我撥他的手機，聽見客廳傳來他的手機鈴聲，可以確定他在家。我繼續按電鈴，他還是不來開門。最後耐不住性子了，我索性哼起歌，讓門鈴替我打拍子。

門「砰」的一聲打開來了。張欣銘看著我，一副不可理解的樣子。

「你搞什麼鬼！」我氣憤地說。

「這該是我問的吧？我在洗澡，你拚命按鈴。」

「你不請我進去的嗎？」

我問張欣銘，但是根本不等他回答，就擠過他走進房裡。我看見咖啡機上有一壺喝剩的咖啡，旁邊擺了兩個杯子，其中一個還留有口紅印。

「鳳珊姊剛剛來過？」我問。

「嗯。我煮咖啡給她喝。」

「這是我送你的咖啡機，你不能這樣子。」

「為什麼?她是你的鳳珊姊，是你這些年來最親近的朋友，不是嗎?」

我的氣憤一點兒也站不住腳，我只是吃醋而已。

「我根本不需要什麼朋友。」我賭氣，脫口而出。

「你必須知道，一個朋友的眼光，就像一線日光，常會穿透我所沒有夢想到的一片黑暗。」

「我不在乎別人的眼光，我只關心我所關心的。」

「那麼你關心什麼?」

「你不能跟鳳珊姊交往。」

他笑起來，說：「李稚，八字還沒有一撇。我們並不一定會真的交往，但是，就算我們真的交往了，那也是很天經地義的。」

「鳳珊姊並不了解你，只有我了解你。」我認真地說。

「『了解』是一顆種子，需要時間慢慢等候它發芽、茁壯。」

「我不想聽你的格言道理。總之，她不適合你，你也不適合她。」

他搖搖頭告訴我：「不如你去跟高鳳珊說吧。你即使阻止了我，又怎麼保證能阻止你的鳳珊姊呢?你如果了解我，就知道我很少主動追求別人，可是高鳳珊最近卻主動拋棄了一段八年的感情。」

張欣銘言下之意是鳳珊姊會主動與他交往。

我思考了很久，幾經掙扎，決定找鳳珊姊出來，告訴她，他們兩個不合適（因為只有我才合適張欣銘）。或許這麼做會破壞了我跟她多年來的情誼，但恐怕也沒有別的辦法了。

兩天後的晚上，我果真約了鳳珊姊在信義新天地的布丁茶庵碰面。我見到她的時候嚇了一跳，這一天的鳳珊姊看起來非常憔悴，整個人的氣色很差。

「你今天真是選對地方了，我的臉色跟布丁顏色很匹配吧。」她有氣無力地說完後，我趕緊關心的詢問她發生什麼事情。

「我們公司總算倒了。我失業了。」她說得一點也不意外的樣子，可是卻看得出來對她的影響很大。

「生活經濟會不會成問題？」我問。

「你或是你的同學常跑加油站嗎？」

「還好。妳為什麼問這個？」

「如果你們常去加油站，請把集點卡給我。我失業了，必須開源節流，利用加油站的發票點數兌換生活用品。」

「有這麼誇張？」

「我必須有危機意識，否則會寅吃卯糧的。還好，我這幾年來始終都按照計畫定期存款，否則忽然失業一定更慘了。」

鳳珊姊嘆了一口氣，她的口中說得風趣，可我知道對於什麼事情都要求計畫得好好的鳳珊姊來說，失業肯定會令她亂了生活的方針。

「有任何需要我幫忙的，請告訴我。」

「謝謝。或許我也應該找張欣銘幫忙吧，畢竟他是個熱心的好人，還會給一兩句警世箴言，提示我現在該怎麼辦。」她勉強笑了笑。

「看來應該把他供奉在行天宮，拯救世人。」

「那我便會天天去祈福的。我太倒楣了，失去一段八年的感情，丟了工作，說不定還會因為程度太差被日文班開除、體力太爛被健身房請出去。李稚，如果你遇見什麼不順遂的事，記住絕對不是你的問題，都是因為我的緣故。」

我認真地問：「妳真的會找張欣銘幫忙？」

「唉，我只是隨便說說的，我畢竟也不是他的誰。」

「也許跟他在一起，真的能夠改變未來的生活吧。」

我意味深長地說，也不知道到底是說給鳳珊姊聽，還是說給自己聽。

「他很優秀，我哪裡有本錢呢？」

「我曾聽人說，所謂一包好的香菸通常不是最貴、最優秀的，而是自己抽起來舒服就好。」

我說完之後，想起姊姊和姊夫。他們兩人恐怕不可能在彼此心中重新建築起一棟愛情的世貿大樓了，但是鳳珊姊和張欣銘呢？我無法替親生的姊姊做些什麼事情，但或許可以幫忙親如胞姊的鳳珊姊吧。原來氣勢高漲，準備與她談論張欣銘的我，此刻竟然轉變了心態。

✸

和張欣銘約了隔天中午，利用他休息時間在Subway吃午餐。我們各自點了一份總匯潛水艇三明治。入座以後，我開門見山對他說：

「你必須追求鳳珊姊。」

張欣銘的可樂喝到一半，差點嗆到。他睜大眼睛說：

「我確定你真的瘋了。你前幾天不准我跟她交往，現在又要我去追她，我難道是狗聽人使喚的嗎？」

「她需要你。」

「太好了，感覺起來我真是隻狗。奇怪，你不是說你也需要我的嗎？」

「你就當作這是一種大愛的表現吧，」我無厘頭地說：

「我可能是大愛電視台的節目看多了。」

「你真荒謬。」

的確荒謬。張欣銘根本不會了解我心裡真正的感受。

「你叫我去愛高鳳珊，然後你就馬上不喜歡我了？」他問。

「我還是繼續愛你。」

他無奈地搖頭，隨口說：「你不如建議我們來搞三人行算了！」

看著桌上放著的總匯三明治，我忽然笑起來，說：

「很好的想法！就像這個 Sandwich Club 總匯三明治一樣，把料都混在一起，風味絕佳呢！而且，我們三個人的名字剛好就可以組成三明治呢。高鳳『珊』、張欣『銘』、李『稚』，原來我們是注定好的。」

「你太天真了，愛情是一座天秤，只能左右承載兩個人。」

「謝謝你的格言。」我聳聳肩，對張欣銘乾笑。

我其實就是太天真了，才會一直執著於我對張欣銘的感情，不是嗎？

回家的時候，我在街角遇見姊夫。

他留了一臉落腮鬍，瘦了一些，看起來竟有些落魄。

「我猜我會遇見你。」姊夫說：「我有事情想要麻煩你。」

「姊夫請說吧。」

他從手提袋裡拿出一個大信封，上面寫著姊姊的收信地址，但被註明「查無此人」給退回了。

我認得出那是姊姊的字跡。

「可不可以把這裡頭的東西拿給你姊姊，但是請不要說是我送的，就當作是你給她的。我原來是寄給她當作生日禮物的，她完全沒有拆封就請郵差退回來了。就是請你幫我這個忙。」

姊夫拆掉信封，是紐約世貿雙塔大樓的年曆。他並不知道，我其實明白這大樓對於他和姊姊的意義。

「好的，小事一樁。」

「謝謝。」

這一刻，我忽然覺得我和姊夫在某一部分的處境是類似的。

「姊夫，找一天請你喝一杯吧？」

「那有什麼問題。」

我們相視而笑，互道晚安。

「早點回去吧。」姊夫說。

「好的。」我點頭。

過了一會兒，我回首看著姊夫隱沒在巷道裡，已經看不清身影了，只剩下手中的香菸，香菸頭上火紅的閃光，在暗夜裡像一隻迷路的螢火蟲。

第四集

高鳳珊

①紅利積分刷刷樂，精美禮品滾滾來。彩色收納袋，免費兌換5830點，輕鬆自費NT.428＋260點。義大利Nice保溫瓶，免費兌換21120點，輕鬆自費NT.1553＋940點。快樂沐浴精油，免費兌換8400點，輕鬆自費NT.618＋380點。Philips榨汁機，免費兌換17600點，輕鬆自費NT.1294＋780點。

②每次加油可免費獲贈面紙乙盒，並獲得集點卡乙張，滿五百元集得壹個點數。集滿貳點，可兌換高級國產蘆筍汁飲品乙罐，及清涼礦泉水乙瓶。集滿肆點可任選飲品兩罐並加贈廚房用高級清潔魔術抹布乙條。集滿陸點，可兌換清潔魔術抹布乙條、優質電腦列印紙貳包與潔面清洗組合旅行包。集滿捌點，可兌換折疊型精美計算機乙組，潔淨超效洗衣精兩套乙組。

我和曾嫚麗浸泡在健身房的三溫暖熱水池裡，只有兩顆頭露在水面上。池水很溫暖、很舒服，我放鬆的身體，漸漸往池子裡滑。熱水緩緩地覆蓋住了我的頸子、我的下巴、我的嘴，然後是我的鼻子。

曾嫚麗一把將我拉起來，義正詞嚴地說：

「喂，沒有失業的人在三溫暖自盡的好嗎？光著身子死，很不光采的。」

「我只是想試試看一個人究竟可以憋多久的氣？」我說：「找不到工作跟在水裡不能呼吸的壓迫感，說不定是相同的。」

「我前天把在長榮的工作給辭掉了。」曾嫚麗忽然說。

「什麼？妳真不明白民間疾苦！」

「我只是換了新工作嘛。」

「為什麼妳找工作這麼容易，我卻這麼難。難道這個世界專門欺負姿色與身材不夠好的女人嗎？太不公平。」

「我新認識了一個男人，他是德國電子企業在台灣區的總經理。他請我去做他的辦公室特助。」

「這更不公平了，」我頓時回神，驚訝地問：「妳跟 Jacky 分手了？」

「還沒有。可是我跟 Jacky 開始相處以後，漸漸覺得他好像不是我想要的那種關係。我的心有了失落的空缺，恰好總經理就掉進來了。」

她一副好無奈的樣子，我看了忍不住笑起來說：「妳簡直是蜘蛛精。」

「在現在這樣的景氣中，他們公司的營運算是很好，因此，他給我的薪水也很高。」

「我看是因為有其他的工作，還需要妳跟他一起『做』吧。既然妳不愛Jacky又愛上總經理，為什麼不跟Jacky分手？」

「我跟總經理有了發展，並不代表我不愛Jacky啊！妳知道嗎，這麼多年來，我懷疑我真正喜歡的一種戀情，或許是一種危險的關係。也就是跟某一個男人交往，但不久以後同時發展出另一段祕密戀情。這種模式似乎比較能夠讓我享受戀愛的刺激感覺……而且，這一次的危險指數更高了。」她神祕兮兮地說：

「他是個有婦之夫。」

我搖頭嘆氣說：「唉，這真是一個充滿欺騙與背叛的世界呀。」

「妳跟張欣銘現在進展如何？」她轉變話題。

「沒什麼。只是對彼此印象都還不錯的朋友而已吧。」

「妳這樣下去是不行的！我聽Jacky說，張欣銘是一個很『慢熱』的男人，他對什麼事情都很熱心和主動，唯獨面對愛情時卻很被動。妳必須發揮妳擅長規畫生涯進度的精神，好好計畫一下如何激發他對妳的愛意。」

「妳說得倒簡單。我計畫了半天最後竟然丟了八年的感情和工作。」

「很好！妳這兩個條件對女人太有優勢了。每個男人都有兩極化的性格，一方面像個孩子，喜歡我們吹捧他們，另一方面卻又自戀於體內的父親形象，喜歡拯救在弱勢中的女人，雖然他們根本沒什麼能力。」

「我不確定我們究竟有多熟。熟到我可以在他面前攤開弱點；熟到他真的願意或是有義務聽我發牢騷。」

「妳跟張欣銘還不夠相互信任。」

「信任？」

「因為不夠信任，當然不可能對彼此敞開心胸了。妳要信任他，也要讓他信任妳。像我，就很信任總經理現在一定愛我勝過他的老婆；信任Jacky對我的愛，忠實到不可能懷疑我出軌。」

「妳當初也以為妳的醫師男友什麼都不知道的。」

我糗曾嫚麗，她百口莫辯，只好乾瞪了我一眼。

「等會兒開車送妳回家吧。」她這陣子買了新車。

「好啊。對了，妳開車加油的贈品集點卡，可不可以給我？還有，我們是用同一家信用卡吧？可不可以借我紅利積分禮品兌換手冊？」

「怎麼突然說這個？」她一臉狐疑。

「一個失業並且無法成功打入上流社會的女人，是必須懂得開源節流的。加油集點卡可以省去家用品開銷，信用卡紅利積分可以換些家電用品。我未雨綢繆累積了這麼久的點數，現在果然派上用場了。」我無奈說。

她失笑：「相信我，還是直接找個有錢男人比較快。」

我們從熱水池裡起身。曾嫚麗看見我的裸體，目不轉睛地盯著我的胸部。

「做什麼？」我問。

「鳳珊，妳外擴得愈來愈嚴重了，過了三十怎麼辦？」她搖頭。

我哭笑不得地回答：「妳不是要我對男人『敞開心胸』嗎？」

「太開了，」她笑得很厲害：「男人也不喜歡的。」

✸

「開一點！張開一點！」

講台上的日文老師耳提面命，要學生張嘴練習，發音才會正確，但是我卻不免想起昨晚在健身房熱水池的對話。我竊笑起來，台上的老師忽然點名我：

「高小姐，學日文很開心喔？來為我們唸一段課文吧。」

真倒楣。我坑坑疤疤地唸完了課文時，恰好也下課了。課程結束後，一個人無精打采下樓，竟然在騎樓下遇見張欣銘。

「你怎麼在這裡？」

他困惑地回答：「李稚約我在這裡碰面。我等了很久，可是他一直沒出現，電話也沒有人接。妳呢？怎麼也在這裡？」

「我在這裡學日文。」

「對對對，妳學日文。原來就在這兒。真好，很有規畫的生活。」

「當初學日文，是因為網頁編輯常有機會接觸日文設計書，可是現在失業了，忽然間也不知道學日文的目標何在了。」

「小就是大，大就是小。千萬不要小看身邊不起眼的事物，有一天它們會替我們創造一個新世界。」

「謝謝格言先生的開導。」我被他逗笑。

「李稚不知道發生什麼事，我想他不會出現了。」

「他不常失約才對。」

「他知道妳補日文的地方嗎？」

「知道。」

「我明白了。他不會來了。」

「什麼意思？」

「嗯，沒什麼。」

張欣銘欲言又止，彷彿有什麼心裡的話沒說出口。我忽然又想起昨晚曾嫚麗對我說的話。張欣銘如果是個「慢熱」的人，而我又覺得他是值得進一步認識的話，或許真應該主動釋放出更多訊息與善意。

「如果你現在沒事的話，我可以帶你去一個地方。」我鼓起勇氣開口。

「去Champaign喝酒？」

「不，我帶你出國。」

張欣銘抓抓頭，困惑地問：「妳是說，出國？」

我點頭。不久，我帶他來到了中山堂，在廣場邊緣一間「上上咖啡館」裡外帶了兩杯熱咖啡，然後坐到大樹下的石椅上。

方才下過一場毛毛雨，街燈一路排開，昏黃的光線灑落在狹長的積水的石板路上，閃爍著一股老舊的異鄉情調。這幾天，廣場上恰好有戶外歌劇的演出，中山堂的建築和廣場的水池都搭建起中世紀歐洲建築的布景，彷彿置換了時空。在人去樓空的夜裡，地上打出聚光燈，整個廣場呈現出古老而沉靜的氛圍。

「妳真的帶我出國了。我從不知道，下過雨而且沒有人潮的夜晚，中山堂廣場如此像異鄉。」

張欣銘興奮得像是個孩子一樣，我跟著他笑起來，一掃失業的沮喪。

「我喜歡下過雨的深夜裡來到這裡，感覺就好像到國外了。」我說。

「妳去過歐洲嗎？」他問。

「沒有。太遠了，花費很大，不在我過去和近期的計畫裡。」

「可是妳想去，是不是？」

「誰不喜歡出國玩呢？」

「史努比不喜歡出國。」張欣銘兩手一撐，躍上石台。

我噗哧一笑：「他會暈機？」

「他會認床。沒了紅色屋頂的狗屋，他睡不著。」

「很好奇狗失眠時是數羊還是數狗？那麼，你去過歐洲哪些地方？」

「西班牙。這裡的布景其實有一些那裡的味道，但是，如果妳真的到了那裡，又會有更不一樣的感受。」

「我想一定是的。虛擬的事物永遠比不上真實。」

「妳相信人跟城市之間，會取得信任嗎？」

「什麼？信任？」

我很驚訝竟然也從張欣銘口中聽見「信任」兩個字。

「就像所謂的認床，從某個角度看來，不就是床跟人相互取得信任嗎？也許什麼東西都是有生命的，妳會認一張床，床可能也會認妳。因此我猜想，人跟城市之間應該也有取得相互信任的關係吧。

旅人相信了一座城市的歷史背景，相信此地能帶給他未知的收穫，才會開始接納的一切。」

「可是城市怎麼信任旅人？」我問。

「城市其實知道妳心底喜歡不歡她。妳接受城市了，城市就會釋放一些特別的人事際遇給妳。我是這樣想的。」

我看著張欣銘認真的雙眼，竟然被他的說法給感動了。

「但是，人跟人之間的信任就難多了吧？」我試探他。

原本抬頭看夜空的張欣銘，眼光轉向我。他思考了一會兒回答我：

「人心太複雜了。」

我對他的答案感到些許失望。可張欣銘說的沒有錯，我們有時連自己都摸不清，又怎麼能輕易相信別人，或者讓別人信任自己呢？

夜已深，捷運過了營運的時間，只好搭乘計程車回家。張欣銘準備送我先搭車。在路邊等車時，他問我：「工作找得還順利嗎？」

「我到處在募集各種兌換生活贈品的方法了，你說順不順利？」

他沉思了一下，說：「我想起來Jacky有一個剛創業的朋友，可能正需要網頁設計的人手，我可以幫妳問一問他。」

「謝謝你。」

他替我招了一輛計程車，送我上車。與張欣銘道別之後，我的手機忽然響起。沒有來電顯示，會是誰呢？我猶豫了一下還是決定按下通話鈕。

「鳳珊，我必須見妳一面。」

電話彼端傳來多麼熟悉卻又陌生的聲音，使我原本逐漸好轉的情緒，頓時又跌到了谷底。

✸

阿倫為什麼要約我見面呢？當我的生活陷入混亂，亟欲尋求工作與情感的新契機，並且努力不再回想累積八年的記憶時，他的再度出現完全又打亂了我的腳步。他為什麼要出現呢？或許，他從來也沒有消失過。

我想東想西，整晚都沒有睡好。想到最後，我開始討厭起自己，覺得自己真是一個沒用的女人。當我和阿倫的感情停滯時，我感覺到生活的空虛，於是用一大堆規畫填滿空虛，可是好不容易脫離一段爛感情以後，我竟然變得那麼裹足不前，質疑起那些為自己安排的生活計畫，究竟有什麼意義？

第二天晚上，我依約前往微風廣場。我到二樓戶外的花神咖啡座時，便已經見到阿倫坐在位子上等我了。上一次，他願意約我出來喝咖啡，是多久以前的事情呢？我怎麼想也想不起來。

「你吃了什麼藥，竟然會約我喝咖啡？」語畢，我仔細看了看他，有些不可置信地說：「你怎麼回事？瘦了這麼多，真的是吃藥吧。」

他搖搖頭笑起來。阿倫雖然瘦了，但整個人不知道怎麼了，變得十分憔悴，因此笑容也顯得滄桑。

「景氣太差，我的工作很不順利。再加上前陣子有個死黨向我借了錢，說好了會按時歸還，但最後卻消失得無影無蹤。」

「你怎麼會有錢借人呢？」

「是啊，我自己的錢都不夠用，不同銀行的現金卡不曉得辦了幾張。現在他不還我，我不但生活費出了狀況，那些利息也一時還不清了。」

我聽了有些氣憤：「你怎麼這麼糊塗？我以前不就一直告訴你，如果自己有困難，不要為了撐面子再去幫人嗎？你總是聽不進我的話！還有，辦現金卡就是等於欠人錢，不能靠現金卡過活的。」

阿倫看著我，嘴角抽動了一下，看起來像笑但也不像笑。

「你聽見我說的話嗎？」我問。

他點頭，說：「我聽見了。很懷念的一種指責。鳳珊，妳離開我以後，我簡直不能一個人生活了。妳看，我光是錢都處理不好。」

「你不要這個樣子。」我心軟得有些難過。

「對不起，鳳珊。過去我可能有很多地方做不好，可是我不是故意的。我們的感情從來沒有人介入，所以如果要重新開始，只要我們兩個人願意，一定可以回到原點的。」

我竟然又想起了張欣銘。是的，過去我和阿倫的感情從來沒有第三者，可是如今我的生命組合已經漸漸不同了，但阿倫始終還站在原點。

「我能怎麼幫你？」我無奈地問他。

「方便的話，我需要一些錢週轉。可是鳳珊，我今天約妳出來，絕對不是想要借錢。我其實很久沒見到妳，想看看妳，並且希望妳可以考慮我們是否能夠重新再試一次，畢竟我們累積了八年的情感和回憶。」

「八年抗戰嗎？」我笑著問。

「怎麼會呢？即使不願意與我復合了，但再怎麼說，八年來的情誼，我早就把妳放在生命裡很重要的位置了。」

「謝謝。」除此之外，我不知道該說些什麼。

這一晚的阿倫有些反常，他口中說出來的細膩心聲，讓我重溫八年前初識他時的那份感覺，然而卻已顯得斑駁。

我矛盾了一整夜，不知道是否該伸出援手。但是最後，同情軟化了我的堅持，第二天，我仍然匯款給了阿倫。同時，我還幫阿倫繳清了許多帳單繳款和轉帳的事宜。在過去，這些都是我替他處理的。

幾天之後，張欣銘果然與Jacky聯絡上，替我問到了那份工作的可能性。

我依約前往應徵的早上，大樓門口遇見房東太太。

房東太太面有難色地說了一些不清不楚的話，我幾經追問，她才坦白問我是否要續租，因為我的租約就要到期，而明年的租金需要調漲四千元。

「這間房子靠捷運站，地點很好，實際上已經有人願意出更多價錢來租賃了。因為妳是現在的房客，我覺得有必要先知會。」她說。

「所以您的意思是，如果我不能增加四千元以上的租金，您就會把房子收回，租給負擔得起的人嗎？」

「真是歹勢咧。」她低頭道歉。

屋漏偏逢連夜雨。我沮喪地想，倒楣像是傳染病，在我的身上與生活不斷地擴散開來了，並且沒可能有治癒的一天。

變得無精打采的我，依循地址來到樂利路上Jacky朋友的那間工作室。

我按了對講機說明來意，是一個男人回應的，他應聲說「喔，妳來了」以後，鐵門就自動打開。

這間工作室的位置是在地下室，從門面到玄關都有點詭異。我忽然有些緊張，覺得一個人來實在有點危險，所幸接應我的是一個年輕的小姐，讓我的擔憂減少了一些。她告訴我，老闆是她的男友，叫做小戴。

「妳跟 Jacky 很熟嗎？」滿臉鬍渣的小戴問我。

「坦白說，是跟他的朋友比較熟。」

「喔，沒關係，無論如何很高興透過 Jacky 認識高小姐。這份工作就是我跟我的女朋友一起的，因為不可能有店面，所以想請妳做一個銷售的網站，不必太複雜，只要有型錄並且可以用信用卡訂購就行了。這樣吧，畢竟我是個男人，還是讓我的女朋友來跟妳詳細解說。」

什麼事情讓他必須避開，要讓他的女友來跟我解說呢？

「高小姐，」小戴的女友指著角落說：「就是這些光碟要麻煩妳掃圖。」

我走近一看，發現全是盜版電影光碟。

「還有這些。」她指著另一個角落。

我拿起另一個角落箱子裡的光碟，竟然皆是不堪入目的色情光碟。

「所以你們的網站是要賣這些的？」我不敢置信地問。

「是的。台灣抓得緊，所以網站要請妳架在國外。」

我啼笑皆非地說：「賣盜版跟色情光碟，我恐怕不能接受。」

「咦，Jacky 沒有告訴妳嗎？」

「對不起，我真的不知道。」

「不然這樣吧，妳就現在考慮考慮，我們這一行因為實在沒什麼成本，光碟也是燒自國外的，所以簡直等於淨賺。我也是女人，知道這些東西實在拍得變態，不過這畢竟也不是什麼搶銀行殺人放火的事情，不用太道德化。況且，妳只需要架設網站而已，把它當作一般的工作就行了。」

我匆忙的竄逃出了地下室，覺得一切都太荒謬了。沒想到，我以為的「復出代表作」竟然落到這種下場。

曾嫚麗正好打電話來，我告訴她我的慘狀，並指責她的Jacky所交的朋友居然是從事這種工作的。

「什麼樣的色情光碟啊？」她問。

「很低級的，寫著什麼《猛浪山莊激突夜》之類的片名。」

「哎喲，拜託妳怎麼不A一片回來啊？這一片自從我高中看過以後就尋找了好久耶，片裡的美國人可是啟發了我對於男人的感官。他後來的幾部片子，體力每下愈況，只有這部片子是顛峰之作。我曾經幻想，有一天如果我變成名人去上那種尋人啟事的節目，我一定要找他。」

「妳怎麼了？總經理不能滿足妳啦？」

「噓，小聲一點，我現在跟Jacky在飯店裡，他在浴室洗澡。總經理對我很好，可惜現實的是他年紀大了，體力真的比不上還不到三十的Jacky。對了，這工作不是張欣銘從Jacky那裡得知的嗎？他一定很內疚。」

這實在不是張欣銘的錯，但是我知道，以他熱心助人的個性，他若是知道了肯定會很自責的。

當天晚上，張欣銘打電話來問我結果，他知道了以後，果然如預期當中感覺到非常抱歉。

「剛剛李稚約了我們明天去北投的溫泉餐廳吃飯、泡湯，就讓我請妳這一餐當作補償吧。妳願意一起來嗎？」張欣銘問。

「這不是你的問題呀，不用補償我。」

「反省是一面鏡子，它能將我們的錯誤清清楚楚的照出來。推卸責任就是拒絕成功來敲門。」

他的認真使我忍不住笑起來：「好吧，我願意一起去，但真的不要請我。」

「施比受更有福。妳讓我多點福氣吧。」

我說不過張欣銘，最後只好答應了他。

第二天晚上，我們約在北投的川湯溫泉餐廳見面。

張欣銘一見到我就連聲抱歉，說得我漸漸感覺到很對不起他似的，好像辜負了他的期望。李稚還不明白發生了什麼事，一臉酷樣的問道：

「你們兩個讓我呆站在冷風裡，才應該一起向我道歉。」

「唉，等一下我再跟你說吧。」張欣銘回應李稚。

我們兵分二路，進了男女不同的大眾池泡湯。我一個人浸泡在溫泉裡，什麼事情都不願意想，彷彿所有煩惱都隨著煙霧裊裊，消失在了星空裡。

約定的時間到了，我走出女湯的時候，看見張欣銘和李稚已經站在外頭等候。我看著他們，忍不住笑起來。

張欣銘看了看李稚，又困惑地轉向我問：「我們怎麼了嗎？」

「沒事。」我盡量不再發笑，說：「我遇見了兩隻剛煮好的蝦子。」

看見他們滿臉通紅，乖乖的站著等候我這樣一個連日倒楣透頂的女人，不知怎麼，心裡突然升起一陣溫暖。平時的他們總是把頭髮造型得很整齊，今天第一次看見他們剛剛出浴時一頭亂髮的樣子，覺得這兩個大小男人，或熱情或冷酷，還原以後其實都有著相同的純真孩子氣。

吃飯的時候，我突發奇想地點了幾瓶啤酒，卻把張欣銘與李稚都嚇壞了。

「鳳珊，妳真的還好吧？」張欣銘關心地問。

「妳從來不喝酒的。」李稚補充。

「放心，我會喝，只是不常喝。我碰見太多奇怪的事情，需要喝喝啤酒解放一下壓力。你們今晚就充當我的牛郎吧！」

我向他們重新列舉了自從失戀以後，遇見的所有倒楣事，像是在簡報一張公司的業績報表。張欣銘聽了以後，好不佩服地說：

「妳在這樣的狀況下，還能把這些事情整理得這麼有條不紊。」

「沒想到，現在竟然連房東都準備要收回房子了。怎麼會這麼巧？如果在古代，我可能是個觸人楣頭的掃把星，要被眾人砸石頭的。」

「其實還有人陪妳一起倒楣啦，」張欣銘說：

「我最近常遇見一些態度很差的書商，明明是他們搞不清楚狀況的，還要說我們的服務不周延。」

「你這樣還好吧？我可是快連住的地方都沒有了。」

「很不好。我的房東雖然沒問題，但是樓上的鄰居可是每天三更半夜都像在開運動會似的，吵得我失眠。我好心上樓看看是否需要幫忙，還被狠狠地罵了一頓，懷疑我有什麼企圖呢。」

李稚一副置身事外地說：「好啦，你們兩個並列第一，真的夠倒楣了。」

我和張欣銘同時憤憤地看向他。他看著我們，好緊張地說：

「你們，不要這樣看我喔，我……我也有困擾的事情。」

「什麼？」我和張欣銘異口同聲地問。

李稚想了一會兒才回答：「我坐捷運的時候總會睡著。」

「拜託，這有什麼困擾的？」我玩笑似的顯露出瞧不起的樣子。

「可是我睡著的時候，總是容易流口水。」李稚說。

我跟張欣銘聽了噗哧大笑。真難想像一個打扮前衛時興的大學生，坐在捷運裡邊睡邊流口水的模樣。李稚看我們笑得很樂，於是驕傲地說：

「這下子我贏了吧！」

「算了，要比倒楣，你們都不可能贏我的，」我沉默了一會兒，喝了一口啤酒以後，垂頭喪氣地說：

「我的前男友跑回來希望復合，並且向我借錢，而我也借給他了。雖然我並不想這麼做，但，最後還是心軟了。別人都以為我多麼果斷、多麼有自信，可是我知道自己只不過擅長計畫，空有一堆想法罷了，永遠沒辦法徹底執行，有時也不知道為什麼要去做這些事。從上健身房、上日文課、做社工到跟男友分手，都是這個樣子。總之，我很討厭這樣的自己。」

張欣銘和李稚沉默的注視著我，好像我終於攤出最後一張王牌。

這時我才發覺，我似乎太過坦白了。其實，我自己也很驚訝，第一次竟把心裡的狀態對人訴說。不過，我一點兒也不後悔。

那日，我一夜好眠，不知道究竟是溫泉的關係，還是向張欣銘和李稚坦承的緣故。因為他們接近於親人的質感，使我卸下心中的壓力和防備。

✸

熱心的張欣銘大約很不放心我，第二天就打電話來，說他和李稚已經約好，這兩天想邀請我去外頭吃飯、聊天。

「來我這裡吧！我煮義大利麵給你們吃。」我說。

「這麼好？妳會煮義大利麵？」他驚喜地問。

我自嘲：「你知道的，我總喜歡規畫生活。還沒有上日文課以前，我每週都去學習烹飪，對義大利麵最為擅長。」

張欣銘與李稚來我家的那一天，我準備了奶油培根蛋義大利麵搭配蘑菇湯。他們兩個人像個孩子似的吃得開心，讚不絕口。

我們聊著，竟又聊起上回我與他們坦承討厭自己個性的話題。

張欣銘首先發難說：「那個晚上，我仔細想過，我其實也很討厭自己。我討厭自己是個『爛好人』，總是控制不了幫助別人然後累死自己；討厭別人誤以為我努力向上。其實我根本沒有人生目標，全是無心插柳柳成蔭。」

李稚接著說：「我討厭別人以為我很酷。我不像大家想像中的那麼行，我不喜歡被人當作leader，而且，我根本也沒什麼朋友。」

「現在是怎麼了，我們又要開始比爛了嗎？給我點時間，讓我再想一想，我還有什麼可以贏你們的。」我說。

我有些意外，張欣銘和李稚竟也選擇對我坦白心中的顧忌。但我知道，張欣銘和李稚的好意。他們這麼做，純粹是希望我好過一點。

就在美好的晚餐即將結束之際，門鈴急促地響起來。

我打開門，門外竟是阿倫。他滿身的酒氣迎面撲來，讓人聞了作嘔。

「我今天有客人。」我沒好氣地說。

「我不能進去一下嗎？我現在連客人都比不上了嗎？」他醉醺醺地說。

阿倫進來，看見張欣銘與李稚以後，態度更差了。他東倒西歪地坐在椅子上，輕浮地笑著說：

「喔，兩個男朋友喔？妳很行嘛。」

場面頓時變得很尷尬。阿倫讓我感到很糗，而我的忍耐也幾乎到了極限。

「你快點離開吧。」我說。

「我即使現在離開，下個月就會再回來了。」

「你在說什麼？」

「房東還沒告訴妳嗎？有人要出高價租下這裡了？」

「竟然是你！」我萬分訝異：「我不敢相信，你向我借了錢，租下房子，然後準備將我趕出去？」

「妳誤會了。我希望租下這間房子，邀請妳一起繼續跟我同居。我知道只要這間房子是妳租下的，妳便不可能讓我回來。」

「你真是太荒謬了。你竟然以為只是一間房子，兩個人住不住在一起的問題嗎？你必須明白，我不可能跟你復合的了。」

喝醉的阿倫顯得惱羞成怒，站起身子，揮著手說：

「怎麼不可能！怎麼跟房子沒關係？這間屋子的東西，有多少也是我貢獻的？這本來就是我們兩個人共有的！我當然應該住在這裡。鳳珊，我們已經認識八年了，沒有人比我更了解妳。妳就要三十歲，不再是個清純的校園女孩了，妳放棄我，而且失去了工作，未來會失去更多。現在社會很功利的，依照妳的個性，妳不可能再找到願意花時間在妳身上的男人了。不要再耍脾氣了。」

阿倫的一番話令我感到難堪至極。氣憤與悲傷充斥著我的腦門，我說不出話，也不想和他再說話。

這時，張欣銘忽然站在了我跟阿倫之間，拉起我的手，仗義執言地說：

「誰說鳳珊找不到新男友？我正是她現在的男朋友。你徹徹底底把鳳珊給看扁了。鳳珊有權利選擇要跟誰生活，因為她有資格，而且也值得。」

張欣銘的舉動嚇了我一跳。我回頭看見李稚，他也顯得吃驚。

「自傲和不自省的人，永遠只會挑出別人衣服上的污點，卻看不到自己內心的垃圾。」

張欣銘的結論鞭辟入裡。我低頭看著他握住我的手，簡直感動得要哭了。

阿倫被張欣銘氣得手足無措，氣呼呼地甩門而去。

他離開以後，我的心情變得非常低落。

「你們不用再跟我比爛了吧，我今天又是冠軍了。」我無奈地說。

張欣銘和李稚看得出我的難過。他們十分體諒我，要我早點休息，他們先回家。我感到很抱歉，但堅持一定要送他們去捷運站搭車。

在前往捷運站的路上，我不發一語，張欣銘和李稚沉默的陪在我的兩側。

終於，捷運站到了，我看著他們兩個人嚴肅的面容，忍不住說：

「喂，你們變得好嚴肅喔。」

李稚酷酷地回應：「當然，護花使者是必須保持二十四小時嚴肅的。」

「真不好意思，因為我，破壞了你們今晚的興致。」我說。

「我才不好意思，希望妳不要介意我剛剛的舉動。我很不滿阿倫對妳說的話，決定在他面前假裝是妳男友，我知道這樣就能氣死他。」張欣銘說。

「原來你只是假裝的？一點誠意也沒有。」我逗他。

沒想到，張欣銘正經八百地回應我：

「我絕對有誠意的。其實，我剛剛還在想，妳現在肯定不想住在那裡了。如果妳信任我的話，或許暫時可以來我這裡住。我可以把房間讓給妳，我睡客廳的沙發床，直到妳找到房子為止。只是，我害怕說出這樣的話會很失禮，就像剛剛突然在阿倫面前那樣，我一直很擔心似乎太不尊重妳了。」

「我是開玩笑的啦，你別在意。怎麼好意思打擾你呢？我會趕緊努力找到新房子，展開真正的新生活。」我笑起來，繼續說：

「謝謝你們今晚陪我，每次跟你們碰面聊天，總覺得很充實。或許我應該定期跟你們兩個人聊的，那麼我的生活就會多一些歡樂。」

「我們可以這麼做呀，組個讀書會之類的，定期會面。」張欣銘說。

「一定要讀書會嗎？吃飯聊天加唱歌，不是很好？」李稚說。

「都好啊，只要能夠三個人經常見面就好了，我想，什麼形式或組織都沒問題。」我說。

「那麼，我要為我們三個人的組織命名。」李稚認真起來。

「天啊，該不會是你上次跟我提到的吧？」張欣銘搖頭說。

李稚回答：「嗯，用我們的名字組合成俱樂部啊！高鳳『珊』、張欣『銘』、李『稚』，多完美啊。一個私密的三明治俱樂部，蓋棉被純聊天的3P組織喔！」

我笑起來說：「三明治俱樂部，期許我們三個人從今以後能像Sandwich Club總匯三明治一樣，不只外表香噴噴，內容也很可口紮實，再不會有討厭自己的部分吧。」

在月光下，像是一種歃血為盟的儀式，我們三個人伸出小指打勾勾，做為一種誓言，誓言未來要監督與鼓勵彼此的生活，走向更光明的地方。

✸

接下來的幾天，我每天翻報紙找工作，同時也跑遍大街小巷看房屋租賃的布告。蠟燭兩頭燒，搞得我心力交瘁。

某個傍晚，曾嫚麗來電，跟我報告了她周旋在兩個男人之間的最新戰局，而我也向她報告這陣子我所發生的事。因為一「談」不可收拾，她決定晚上找我喝咖啡，約在中山北路上的「台北之家」。

「怎麼會約在這裡？」我見到曾嫚麗時問她。

「我剛剛在『光點』看電影。」

「妳不是Pub與飯店女王的嗎？什麼時候變得這麼有氣質？」

「跟Jacky在一起就只會跑健身房和Pub。不過，現在跟總經理在一起，話題不能僅有如此。他和他的朋友們都是都會雅痞，陪他出去應酬，我當然得充實自己，免得讓人看笑話了。」

「我錯看妳了，妳原來很傳統，嫁雞隨雞、嫁狗隨狗呢。」我糗她。

在曾嫚麗的要求下，我向她再述說了一次張欣銘與阿倫的事。

我告訴她，張欣銘在阿倫面前的英勇表現，甚至還邀請我去他家暫住，可是我已經婉拒了他的好意。曾嫚麗聽了，睜大眼睛說：

「他好不容易主動起來了，妳竟然拒絕！妳瘋了。」

「我跟他還不是男女朋友就要同居，不是太怪了嗎？」

「拜託，妳是科學家嗎？這麼講究因果關係做什麼？張欣銘可不是隨便的人，他已經很信任妳了，才會說出這樣的邀請，現在只剩妳不信任他了。」

是嗎？張欣銘已經信任了我，卻是我不信任他？

離開「台北之家」時，曾嫚麗把加油站的集點卡以及信用卡紅利積分禮品兌換手冊交給我。

「鳳珊，如果妳找不到房子，歡迎來我這裡住。雖然，我還是覺得妳應該跟張欣銘住在一起。總之，妳不應該錯過可能的幸福。」曾嫚麗說。

「有了Jacky和總經理，妳的臥房排班表早就滿檔了，是吧？」

曾嫚麗笑起來，不置可否。

回到家時，我沒有急著上樓。站在白光晃晃的路燈下，我抬頭看著我的那層小公寓，突然覺得它愈來愈模糊，似乎真的已經漸漸不再屬於我的了。

手機突然響起，是張欣銘的來電。我一接起電話，不等他說話就問他：

「那天的邀約還有效嗎？如果我現在真的要暫住你家，還可以嗎？」

張欣銘在電話彼端彷彿顯得訝異。他沉默了兩三秒後，笑著說：

「當然。如果妳信任我的為人，那麼歡迎下榻。放心，妳真的就只是暫住而已，就像普通好友借住朋友家那樣，我絕對不會有踰矩的行為，也絕對不會多要求些什麼的。」

張欣銘善解人意的話，使我感到很窩心。

掛去電話後，我邊上樓邊翻閱起手中那疊集點卡和積分手冊。我想起那晚在中山堂前與張欣銘的對話。

張欣銘說，人與人不容易信任，由於人心複雜。但，我想，有時或許是，但有時也不見得如此。人跟人之間或許也需要一張集點卡吧。當我們累積了一定的信任點數以後，自然就能從中兌換一張通行證，走向彼此的世界。

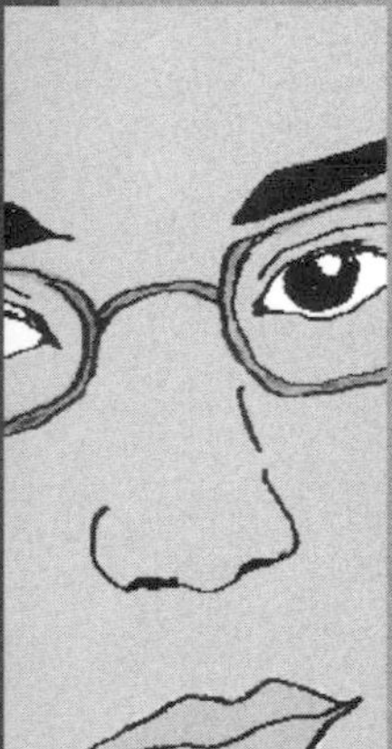

第五集

張欣銘

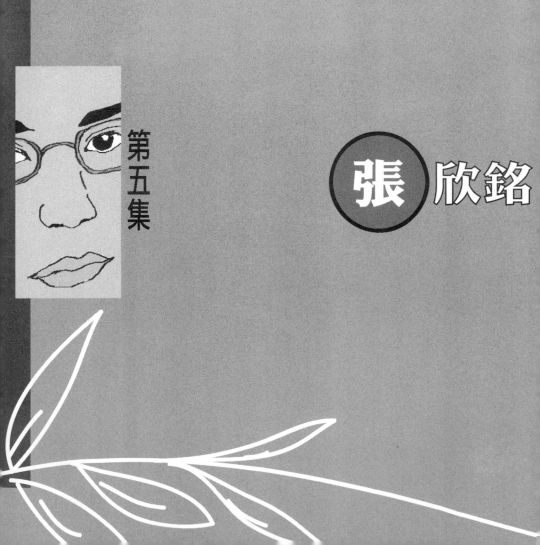

①「群體心理學」是研究結成「群體生活」的人們的心理現象、心理活動的社會心理學分支。一個現實的人，總是要生活在一定的社會環境中，依從於經濟和政治地位、種族或民族、社區、年齡、性別、職業、血緣、興趣、信仰等諸多方面因素的影響，總要與別的人形成一定的社會關係，參加一定的群體生活。一個人通常不只屬於一個群體，一般都同時是若干群體的成員。社會群體生活是人們的基本生活方式，這樣，人們在社會生活中的群體心理，就成為社會心理學研究的主要組成部分。

②關於「群體心理學」，塔德於一八九〇年出版了《模仿律》，認為只有借助於模仿的思想，才能解釋人的社會行為。一八九一年，西格爾出版了《犯罪的群眾》；一八九五年，勒邦發表了《群體心理學》。他們認為，群體是衝動的、無理性的、缺乏責任感的、愚蠢的，個體一旦參加到群體之中，由於匿名、感染、暗示等因素的作用，就會喪失理性和責任感，表現出衝動而兇殘的反社會行為。一九〇八年，麥督沽發表《社會心理學導論》，提出社會行為本能理論，以人天生有結群本能來解釋人們的結成群體問題。

強迫症是會在體內擴散，並且突變病情的嗎？

自從高鳳珊答應借居我的公寓以後，我發現，我除了有愛說格言與忍不住幫助人的強迫性格之外，這幾天竟然又患上了焦慮症。

我焦慮我那狹小的公寓，能提供給高鳳珊舒適的環境嗎？我焦慮我決定讓給她睡的床，會不會太硬了呢？我焦慮我的浴室從來只是為了自己的方便而設計的，她是否會覺得不方便？我焦慮她介意兩個人的衣服一起洗嗎？我焦慮我是不是要晚點回家，好讓她的壓力不至於太大？我焦慮對面的高中生總喜歡在一大早放搖滾樂，以後我應該請他小聲一點吧？我焦慮我所焦慮的不是最該焦慮的焦慮。

「我被你搞得也快有焦慮症了，幹嘛這樣。」Jacky聽了以後說。

我們兩個今晚約了到亞力山大中山店游泳。

「你看你看，這種突變的病情會傳染。西方哲人說，焦慮是男人的力量，女人的智慧，一種想要滿足就不能缺少的苦痛。」我說。

「你不應該焦慮那些的，你應該焦慮你的那張舊床，足以承受兩個人的翻雲覆雨嗎？」

我們兩個人跳進游泳池裡。水好冰，我顫抖地回答：

「拜託，你真……邪惡。她……只是借住一下而已。」

「看你都結巴了！同居就同居嘛，我沒聽過什麼借住的說法，你們兩個還真會騙自己。照你這種說法真是太好了，我也可以說我跟曾嫚麗只是互借一下。既然是借的，同時再多借幾個也無所謂囉。」

怎麼這樣說？我話尚未脫口，Jacky 就一股腦兒的埋進水裡往前游去了。我戴上蛙鏡，潛進水裡跟上前去。我們同時在泳池的另一側起身。

「你該不會對曾嫚麗的熱情消退了吧？」我問。

Jacky 沉默了一會兒，嚴肅地說：「我覺得嫚麗近來變得怪怪的。」

「我以為怪怪的會是你，原來是她？」

「雖然我們還是很熱絡、很親密，但我總認為她有心事。唉呀，我也說不上來，就是有一種我不知道的東西在神祕地運轉著。」

「聽起來好怪力亂神。你不要想太多了。」我安撫他。

「也許嫚麗太好了，我總擔心配不上她吧。」他笑起來，轉了話題說：「你和高鳳珊就挺相配。可是，我搞不懂你們好像在繡花似的，兩個人相敬如賓，拖了這麼久還不承認彼此是情人關係。高鳳珊是很喜歡你的，否則一個女孩子怎麼會答應住到男人家裡去呢？拜託你好好掌握機會！」

「跟你說過了，她只是被前男友逼得要換房子，在我邀請之下，她才答應借住我這兒然後慢慢找房子。我想，說不定她住進來以後，忽然發現我不如她想像中的好，而她也有許多我不能接受的個性，從此便不再往來。」

「那倒是有可能。兩人世界就算是群體生活，群體生活比單身複雜多了。」

Jacky以一副過來人的口吻作了結論。我聽得出他暗示著與曾嫚麗的狀況。

游完泳並洗過澡之後，我們回到樓上的置物櫃樓層。我們穿好衣服準備離開時，Jacky伸手進置物櫃裡，忽然拿出令我嚇了一大跳的東西。

「怎麼會有兩隻老鼠？」我訝異地問。

Jacky提起兩個小籠子，無奈地看著裡面的老鼠，說：

「看見牠們有很長的鬍鬚嗎？這叫老公公鼠。這籠是我的，另一籠是嫚麗的。有一次，我們逛夜市時她嚷著要買，說一隻放我家，一隻放她家；一隻代表我，另一隻代表她。」

「你們真是『鼠』來寶。」

「你說中了。我們兩個互稱寶貝，所以還真是『鼠』來『寶』。可是嫚麗最近工作很忙碌，有時要到中南部出差，根本無暇照顧老鼠，所以，前幾天要我把她的那隻帶回我那裡一起照顧。」

「想不到高鳳珊來借住我家，你也共襄盛舉，迎接一隻老公公鼠來住。你很講義氣喔。那你今天為什麼把牠們兩隻都帶出來？」

「因為今天要跟你碰面啊。」他神祕地說。

我沉默的看了他一會兒，終於明白他的用意，嚇得趕緊說：

「喂，我家只接待人，不接受兩隻老鼠喔！」

「拜託啦！我最近真的好忙，熱心的你就幫我一下吧。況且你比較細心，我實在不知道該怎麼照顧兩隻老鼠，萬一死了，我怎麼跟嫚麗交待呢？」

話才剛說完，Jacky 就將兩籠老公公鼠丟到了我的手上。

這天晚上，我因為突然出現的兩隻老鼠又開始焦慮起來。我焦慮高鳳珊會不會害怕老鼠呢？我將牠們掛在陽台上，或許不放在室內，她比較能接受吧。

✸

第二天，李稚約我下班後一起吃晚餐。我們在 Fnac 旁的 IKEA Café 裡用餐。吃完飯以後，我提議到 IKEA 店裡走一走。李稚露出調皮的笑容問：

「你要買東西給我？我想買筆記型電腦，但缺一張好看的桌椅搭配它。」

為什麼要去賣家具用品的 IKEA 呢？當然是因為家裡要多一位成員了。

這些天，一直焦慮著準備迎接高鳳珊的我，發現還應該添購不少家用品。我決定替她購買一組新的個人用品，比方說盥洗用具、碗筷、杯子、床墊和被單……等等，希望她能賓至如歸。

「高鳳珊願意來住我家了。我必須準備一些東西。」

「鳳珊姊決定了？」李稚顯得驚訝。

「眼睛睜這麼大？你應該開心的呀，你不是一直慫恿我追求你的鳳珊姊嗎？你不是說可以組成『三明治俱樂部』的嗎？」我笑著故意說。

「所以，你同意三個人同居囉！」他回答。

「等我的公寓有一天變成民宿再說吧。」我澆了他冷水。

之後，一整晚，李稚都變得悶悶的。他看見我專心在挑選這些東西，冷眼旁觀地說：「太個人的用品，鳳珊姊一定都有，你何必要買？」

「體貼是情感之王，情緒之后，它主宰了人與人的交際。我既然是要邀請人家來，就該周到一點。」

「那你應該連衛生棉和避孕藥都準備好啊。」

他冷冷地看著我，我實在看不下去，只好走到他面前曉以大義：

「李稚，不要像個小孩子一樣鬧脾氣了。」

「體貼是情感之王，情緒之后啊，你懂得體貼鳳珊姊，怎麼不體貼我？你若是了解，就不會說我是在鬧脾氣了。」

「我可以說不了解你，但也可以說很了解你。你起先不准我跟高鳳珊靠得太近，後來又強迫我跟她交往；你興奮地提議『三明治俱樂部』，可現在知道高鳳珊真要借住我家了，你的情緒又不對勁。」

被我說破了，李稚愣了一會兒才開口說：「我沒想到你這麼投入。」

是的，我發現對什麼從來都很順水推舟的我，在面對高鳳珊來住的這件事情上，竟然變得如此積極和投入。

「決定了一件事，當然就該投入。投入是做事的基本配備。但是我得補充，我決定這些事並且投入去做，是我自己的決定，不是聽你或聽別人的。」

李稚見我嚴肅的樣子，本來顯得尷尬，但忽然笑起來，滿不在乎地說：

「挺酷的宣示嘛。少見的男人魄力喲！看來你真的愛上鳳珊姊了。」

「謝謝，在你的祝福之下。」我賭氣，故意這麼說。

李稚沉默的走開，一個人先到了結帳的櫃台外面。我想他生氣了。

我心底大約明白，造成李稚矛盾的行為背後的真正原因，大約是很難同時面對我和高鳳珊吧。

可是，我又能如何在李稚面前開啟這個話題呢？

我提著大包小包的東西，李稚湊上前來，淡淡地問：

「你不是說要買摺疊茶几嗎？」

「明天才會進貨，我改天再來買。」我回答。

我手上的東西太多，行動很不便，請求他幫忙：「幫我提一些吧？」

「我今天手痛。」

李稚故意拒絕，竟然不理會我，調頭就走。

回到家以後，我花了一整晚的時間，把買來的物品安置在房裡適當的位置。當然，大部分都是考量高鳳珊會使用到才買的。睡前，當我在陽台上替老公公鼠補充飼料和水的時候，室內的電話響起。是高鳳珊打來的。

「在忙嗎？」她問。

「我在餵老鼠。」

「什麼？怎麼不知道你養老鼠？」

「是我們的好朋友Jacky和曾嫚麗買的，暫時丟給我照顧。」

「我沒見過老公公鼠。」

「妳愈快搬來就能愈快見到牠們了。」

「我昨天已經跟房東確定不再續租了，而房東今天就把房子簽給了阿倫。」

「阿倫還有來找妳的麻煩嗎？」

「通過電話，他現在又用哀兵策略了。我想趕緊離開這裡是當務之急。」

「我的公寓已經整理好了，妳明天就來也沒問題。」

「真的要暫時打擾你了。」

「是我邀請妳的，別這麼說。來之前打個電話給我，我到樓下等妳，幫忙把妳的東西搬上來。」

高鳳珊明晚就會過來了。這一晚，我躺在床上焦慮得輾轉難眠。

第二天下班以後，我特別提早回到家裡，可是高鳳珊始終沒有打電話過來。我想她或許仍在忙，所以也沒有找她。忽然間，對講機的門鈴響起，我二話不說就離開公寓前往樓下。沒想到，我居然在樓梯間看見李稚。

「怎麼是你？」

「我來送貨的。我去IKEA把折疊茶几買回來了。」

他的肩上扛著一個紙箱，裡頭裝著那張我想買的茶几。

「我不是說改天會去買嗎？你何必這麼辛苦？」

「反正我也要用到的。」他不帶表情地說。

我不懂他的意思。我問他：「很重吧？我來扛吧？」

「你想幫我？那你幫我拿樓下的那些吧。」

語畢，他繼續往樓上走。我奇怪的跑到樓下，赫然驚見李稚帶了一個大行李箱來。我把箱子打開來看，全是個人的生活用品，甚至還有一個睡袋。

「你偷看我的東西？」

李稚回到樓下了，他站在我的身後問道。我指著箱子，不可思議地問：

「你這是什麼意思？」

「我要搬過來了。」

「我應該沒有看錯吧？你是李稚，不是高鳳珊。」

他不理我，關起了箱子以後，拖著它上樓。

我真的是被他給氣到了，不知道該說什麼。我跟在他的身後，看著他吃力地爬樓梯，因為箱子很重，好幾次他都差點跌下來。我熱心助人的血液又開始流動起來，忍不住上前幫李稚把箱子拿過來，一鼓作氣搬上樓。

可是，我為什麼要幫他搬上樓呢？我不是不同意他來住嗎？只是我爛好人的強迫症性格發作了吧。不行，我必須要克制，待會兒絕不能心軟。

「你不能在這裡住。」我對李稚嚴肅地說。

「你太衝動了，現在我不想跟你說話。」他坐到椅子上。

「我也不想跟你說話。」我憤憤地說。

「好啊，你冷靜想想，在椅子上睡一下。」他閉起眼睛說。

我冷靜想想？到底誰該冷靜呢？

我們果真沉默了好久。最後，我忍不住開口，試著勸導他：

「你不該想做什麼就做什麼，這樣對我和對高鳳珊都不公平。高鳳珊是因為需要幫忙才借住的，而你只是因為任性。任性是友誼的毒瘤。」

李稚失笑：「好爛的句子。你說格言的功力減退了。」

「你真的很莫名其妙，搞不清楚自己在做什麼！」我加重了音量。

「你才莫名其妙。」李稚站起來，有些激動地對我說：

「我不相信你會真的愛上鳳珊姊，你要愛，早就該愛了。我很清楚我在做什麼，我很清楚我喜歡誰，是你搞不清楚你到底愛男還是愛女。」

「我當然清楚我喜歡什麼。」

「你在騙自己。你若是真的清楚，那個下雨的夜晚，你就會拒絕我。」

我被李稚激得氣急敗壞：「不要再提那件事了！不管以前發生什麼事，我現在就是決定要愛高鳳珊了，不行嗎？我就是喜歡高鳳珊，不可能喜歡你。你不要再以為你可以左右我喜歡誰，命令我做什麼。」

整個房間忽然沉靜下來，我和李稚的呼吸聲都變得好明顯。坦白說，說出如此直接，甚至是失常的言辭，實在不像我平日的風格，連自己聽了都不習慣。

「回去吧，」我看見擺在牆角的茶几，嘆了口氣，變得有些心軟地說：

「謝謝你帶來的茶几。」

李稚不語，面無表情地瞪了我一眼，轉身就走。

✸

我怎麼會對李稚說出重話呢？他畢竟只是個十八歲的孩子啊。

愧疚不已的我，第二天在Fnac上班時因此一直難以專心。我在思考對李稚動怒的原因，除了他任性地說要搬過來之外，恐怕也是因為他擊中了我心裡的矛盾吧。從過去到現在，甚至是未來，我從來未曾懷疑自己的性向，但我不能解釋那個下大雨的夜晚，我為何沒有抗拒李稚的吻。

我沒有欺騙自己。我確實是喜歡上高鳳珊了。我的情緒漸漸因為她而起伏；我的思索開始考量到她是否在意；我邀請她來我的公寓居住，多多少少帶有一點情侶同居的期待。但是，我也必須坦白，我很難忘記那個下著大雨的深夜，李稚的吻，彷彿讓寒涼的氣溫在剎那間全溫暖了起來。

到書店賣場整理退補書，我恰好翻到一本探討群體生活的心理學叢書，看著它述說人皆有群體生活的人性本能，我想起了即將來住的高鳳珊，也想起了李稚，以及他口中的「三明治俱樂部」。

晚上，我買了速食麵回家當晚餐。當瓦斯爐上的水煮開了，正鳴笛起來的時候，客廳裡的對講機鈴聲忽然大作。我一邊看著水壺一邊跑到對講機旁，原本準備要問是誰，但沸騰的水漸漸從壺口冒出，我一緊張只好顧不得是誰，趕緊按下開門鈕又先打開客廳的門，然後就衝回瓦斯爐旁關掉火源。

我端著泡好的麵走回客廳，看見已經組合好的茶几時，直覺是李稚來了。我擔心任性的他又來做出無理的要求，並且一想到我不知道該怎麼勸阻他時，整個人便意興闌珊。我因此繼續吃起麵來，不想搭理他。

「這麼可憐，竟然吃泡麵當晚餐？」

我驚愕地抬起頭看，這一次不是李稚，居然是高鳳珊。我慌張地放下泡麵，顯得有些手足無措。想不到我準備這麼久，最後卻以如此狼狽的樣貌出場。

「行李在樓下吧，不好意思，我去幫妳拿上來。」

「我的行李就在這裡。」

「啊？」我看了看，問：「就這樣？」

她的雙手只各提了兩個長型的旅行袋，雙肩掛著一個背包而已。她看起來好輕便的樣子，一點也沒有像是搬家的感覺。

「就這樣。想帶的帶不走，不想帶的當然也就留在那裡了。還有一些雜七雜八的東西，我裝進大箱子送到了7-Eleven的宅急便，明天下午會送過來。那箱子暫且也不拆封了，反正很快找到了新房子也是要裝箱搬遷的。」

「妳比我想像中來得更灑脫。」

「如果你是女人，你會知道有時候灑脫是被男人逼出來的。」

「不是所有的男人都像阿倫那樣的。妳這麼說讓我很緊張，接下來同居的日子，還要請妳多多包容我了。我會盡力表現得好一點的。」

「但我絕對無法包容你拿泡麵當晚餐的。」她打趣地說。

我尷尬的不知該說什麼，只能捧著泡麵傻笑。

高鳳珊將個人用品安置好以後，我向她簡單介紹了公寓裡的狀況。

我的公寓是一房一廳的套房，麻雀雖小但五臟俱全。我將我的房間讓出給高鳳珊，換上了新買來的床組，而我自己則打算睡在客廳的小沙發上。浴室裡已有準備好給她使用的衛浴用品，吧台上有買給她的杯子和餐具，另外，我也騰出一些空間讓她擺放私人的東西。高鳳珊微笑著，應該是很滿意的樣子。

她忽然注意到陽台上掛著的那兩隻老公公鼠。

「牠們原來分住在兩個籠子？」她問。

「妳忘了？以前Jacky和曾嫚麗各養一隻的。」

「現在牠們湊在一起了，你猜牠們喜歡繼續分開，還是養在同一個籠子？」

「很難說，可能得去請教專家了。」

「外面很冷，把牠們拿進屋子裡，好嗎？」她懇求。

「沒問題。我原本擔心妳不接受老鼠，所以才想放在陽台外的。」

「你還捧著泡麵？」她忽然問。

我趕緊把麵放下，又是一陣傻笑。

「我還沒吃晚飯，一起出去吃吧？」她問。

「當作歡迎晚宴，我請客。」我伸出右手，一個邀請共舞的手勢。

高鳳珊看著我，微笑起來。她將手輕輕放在我的掌心，大方地點頭說：

「那麼，我就不客氣囉！」

我喜歡高鳳珊的個性。她雖然小心翼翼地計畫生活的每一個步驟，但是面對信任的朋友時，也表現率真而隨性的一面。許多女孩子面對男孩子都很拘謹，可高鳳珊身上有一股特質，使自己落落大方，也讓對方有安全感。

然而，即使高鳳珊多麼給予人安全感，也不能降低我今夜的焦慮，因為她今天真的就要與我同居了。晚飯吃到快要結束的時候，我漸漸坐立難安。真不敢想像一個女孩子住到一個不算是情人的男人家裡時，緊張的竟然會是男方。

終於吃完飯了，高鳳珊很自然地問：「要回家了嗎？」

我思索了一會兒才回答：「還不。換我帶妳去我的祕密基地吧！」

想起上次高鳳珊帶我去中山堂，我忽然發現自己也在城市中有一處地方是可以分享給她的。我帶她來到捷運淡水線的石牌站。

「妳知道石牌是真的有那麼一塊石牌嗎？」我問高鳳珊。

「是嗎？我不清楚。」

「就是這塊石牌，」我指著供放在捷運站出口的一小塊石碑說：

「這塊石牌是近年來才重新被找回來放在這裡的。以前我爸爸告訴我石牌真的是一塊石牌，用來劃分兩個地方的田地時，我一直不相信，覺得他是胡謅的。後來，看見這塊石碑出現時，真是嚇了一跳，好像他從地下跑起來指責我怎麼不相信他。」

「小孩總是叛逆的。你父親去世很久了嗎？」

我帶高鳳珊走到附近的一棵行道樹下。樹下有張椅子，我們坐了下來。

「唸國小的時候就走了，肝癌。其實，我會不相信他說的話，並非因為叛逆的緣故。實在是我爸太會騙人了，騙了爺爺奶奶的錢；跟別人有了外遇，騙了我媽媽，所以到最後連我都不相信他了。妳看見對面那幾個攤販嗎？我們以前就住那裡。從前是一間三合院平房，四周全是稻田，我們與爺爺奶奶還有大伯二伯幾家人住在一起。我偶爾會回來看一看，雖然回憶中老房子的樣貌都模糊了。」

「沒想到你早已有了群體生活的體驗。」她淡淡地說：

「可是你會回來這裡，代表還是想念你的父親吧。」

「也許。雖然有不愉快的部分，但這裡畢竟是我唯一與爸爸有記憶交集的地方了啊。」我沉靜了一下子，開口打破沉寂的氣氛說：

「真不好意思，我沒辦法帶妳『出國』。我的地方不像妳的中山堂如此浪漫，現在只不過是一堆黯淡的小吃攤而已。」

「嘿，你也帶我出國了啊！你帶我乘坐時光機，回到你童年的國度。」

我笑起來：「這麼說也對喔。」

坐在高鳳珊的後面，我的目光擦過她的髮梢與雙肩，落在對面的攤子上。

我靜靜地看著，霎時間，黯淡的搭棚彷彿燦亮了起來。我看見孩童的自己與許多小孩子玩耍在一起，聽見過年時院子裡喧嘩的聲音；聽見某個夜晚，爸爸告訴我石牌的典故；聽見好幾個清晨，爺爺奶奶斥責父親的言語；當然，也聽見了父親離開的那一夜，大人們對泣的聲音。

我很驚訝地看著這一幕。高鳳珊讓這裡，讓我的記憶有了光。

✸

我們回到家門樓下時，竟又驚見李稚坐在大門口的階梯上了。

高鳳珊還在身後，我跑到李稚面前沒好氣地問他：

「你真的打算來跟我作對嗎？」

李稚低頭不說話。

「為什麼不說話？你發生什麼事？」

他不知道遇見什麼事情，整個人很意志消沉。我蹲下去看他，他的眼神轉開，充滿了怒氣。這時高鳳珊也來了，她問李稚，李稚仍不回答。

「別坐在這裡，很冷。我們上去吧！」高鳳珊說。

高鳳珊不清楚狀況，我急忙阻止：「我們去喝個東西吧！」

這麼晚了，所有的店家都已經關門。我們來到飲食部尚有營業的京華城。

任憑我們怎麼詢問，李稚還是緘默，搞得高鳳珊和我一頭霧水。

「叫不出聲的旱鴨子，注定是要溺水的了。」我說。

「你們想知道我發生了什麼事？」李稚終於開口。

李稚竟然得了便宜還賣乖，可是熱心的惡魔又來找我了，我追問他：

「當然啊，你說了，我們才能幫忙你。」

「算了，你們不可能幫我的。沒有人能幫得了我。」李稚低下頭說：

「我其實也不願意的啊……」

「李稚，到底怎麼了？我們一定可以試著幫你的。」

高鳳珊關切地問，她又恢復成當年那個輔導李稚的大姊姊了。老實說，我聽見李稚那樣說的時候，同情心也萌生了。

過了一會兒，李稚竟然說：「我說祕密，那你們也要交換祕密給我。」

要不是高鳳珊在旁邊，我的手早就往李稚的頭給打下去了。

我正打算暗示高鳳珊別理他時，高鳳珊卻已經開口：

「我今天搬家時，把過去保留了很久的，我和阿倫早年的通信，全剪碎了。我異想天開地把紙屑丟進馬桶打算沖掉，沒想到馬桶塞住了。我本來想找人修的，但後來想到是阿倫要住進來，我便決定不修了。阿倫一定會恨死我的。」

高鳳珊忍不住笑起來。

「殘忍，是給無情的人最佳的紀念品。」我說。

「謝謝鳳珊姊，」李稚看著我，說：「換你了。」

我為什麼要被迫參與遊戲呢？可高鳳珊拉拉我衣角，意思要我配合一下。

心不甘情不願的，我想了很久以後才小聲地說：

「自從鳳珊答應要來住以後，我一直很焦慮。可是我要聲明，我不是因為鳳珊而焦慮的。我很開心鳳珊願意來，只是我很緊張，怕鳳珊住不習慣我的家，擔心我準備得不夠周到。」

「原來如此，真是難為你了。」高鳳珊滿臉歉意。

「別這樣，我沒有一點為難的。」我補充。

我說完以後，李稚又陷入沉默。我跟高鳳珊一起看向他。

他眼見不能逃避了才緩緩地說：「舅舅在我房間，發現了幾本男同志雜誌。他們全家都知道我是GAY了。」

「啊？你說你是……」高鳳珊露出驚訝的表情。

李稚雖然從不隱瞞自己的性向，但我知道他為了不「嚇到」長輩，所以從來都不刻意在親人或如同親人的高鳳珊面前，提起這方面的事。

我對李稚翻白眼。他故弄玄虛了半天，沒想到最後是跟高鳳珊come out性向的。他為什麼要選在這個時候呢？真不曉得他到底想些什麼。

「既然上次說我們的『三明治俱樂部』是要談心的，我就不忌諱的什麼都說了。鳳珊姊，妳沒有被我嚇到吧？」

高鳳珊倒挺鎮定地回答：「也不是說被嚇到，反正你從小到大總跟別人不一樣。你願意說心事，再好不過了，積在心裡總不好。只是，這不在我的計畫當中，所以有點意外。」

「連這也要計畫？」李稚問。

「你會預期別人回答的話，大概是哪方面的嘛。你的祕密超出了這個範圍。」

「我還有其他的祕密可以說。」李稚對高鳳珊說，偷瞄了我一下。

「一天一個祕密就夠了。不早了，你回家吧。」

我迅速阻止了李稚。天曉得他想跟高鳳珊坦白什麼。

「好吧，今天的『三明治俱樂部』談心時間被迫結束了。但是，我不回家。」

「那怎麼行？」高鳳珊問。

「舅舅不能接受事實，把我姊找來，要我姊把我帶到她家，他不想讓我影響到他的寶貝小孩。可是我不想去姊姊的那裡，她現在的先生，看我不順眼，我也一點都不喜歡他。所以，我才不要自討苦吃！」

我知道李稚又想打什麼如意算盤了。他沉默不語，高鳳珊有些心急。

「欣銘，不如今晚讓李稚住你那裡吧？你覺得呢？我來跟他姊姊和舅媽打個電話說一聲。他們對我還挺放心的。」

「不好吧，怕會打擾鳳珊姊和欣銘耶。」李稚故意說。

「我當然沒問題，可是要看欣銘了，畢竟那是他家。」

高鳳珊看向我。我能怎麼說呢?決定權丟在我手上了，我不是做好人就是做壞人，我雖然不喜歡別人總叫我熱心的大好人，但也不想當壞人，所以，我不用思索就做出了答應的決定。

離開京華城的時候，李稚走在我的前方，趁高鳳珊沒注意時，他回過頭故意向我做了一個勝利的手勢，我卻裝作什麼也沒看見。

千迴百轉，我完全沒料到在高鳳珊來住的這一晚，李稚最終仍與我們同住一個屋簷下了。回到家，三個人輪流沐浴梳洗完畢時，已經將近是夜裡三點。

我們都累了，互道晚安後，便各自準備睡覺。我把沙發讓給李稚，自己睡在地板上。可是，就在客廳的燈熄滅不久以後，有一個奇怪的聲音開始出現。

「你聽見了嗎?那是什麼聲音?」李稚問。

「我不知道，從來沒有的。」

喀啦喀啦的聲音，不是很大聲但很急促，有時還有金屬的撞擊。

我打開燈，那怪聲就消失了。實在找不到聲源，我熄了燈，才剛剛躺下不久，聲音又出現。我再打開燈，房間又安靜下來。連續試了幾次，把房間裡的高鳳珊都吵起來了。我們三個人連續開開關關大燈好幾回，怪聲時有時無，都找不出原因。原本就疲憊的我們，這下子更是精神耗弱了。

「你家是不是『不乾淨』啊?」李稚一副毛骨悚然的模樣。

「不要胡說。」

「像是一種輪子轉動的聲音。」

高鳳珊邊說邊仔細觀察房間的各個角落。忽然，她停在老鼠的籠子前。

「把燈關掉。」她說。

我把燈熄掉，過了一會兒，那聲音漸漸浮現，然後就聽見高鳳珊的笑聲。

「是兩隻淘氣的老公公鼠不安於室。急促的喀啦喀啦聲，是兩隻老鼠在籠子裡繞著旋轉輪的聲音啦！」她說。

「原來如此。老公公鼠白天都在睡覺，晚上就開始活動，所以，我們一開燈，牠們大概以為是白天了，就沉靜下來。」我笑起來。

「欣銘前幾天把牠們放在陽台外面，所以聽不見聲音。」高鳳珊說。

「現在該怎麼辦？讓牠們繼續吵嗎？」李稚問。

「只好再放到陽台外了。」高鳳珊說。

「可是外面會冷啊。可以放在室內，沒問題的，只要知道是什麼聲音也就無所謂的。」我說。

「為什麼不把兩隻老鼠放在同一個籠子裡呢？這樣至少可以減少一個輪子轉動的聲音。」高鳳珊建議。

「好啊。」我點頭。

我們把兩隻老鼠放在同一個籠子再關掉燈光以後，聲音果然減小。說也奇怪，不知道是不是因為有伴的緣故，漸漸的，牠們也不搶著輪子玩了。

「看來牠們也喜歡群體生活。」高鳳珊說。

「再去買一隻吧，說不定牠們更喜歡3P或者也想組個『三明治俱樂部』，三隻老鼠可以分享心事、交換祕密，像我們這樣。」李稚笑著說。

終於，我們可以安心的去睡覺了。寂靜的夜裡，除了偶爾會有兩隻老公公鼠玩耍的聲音以外，再沒有其他的事情來干擾了。

今晚，高鳳珊搬來住，而李稚也算「心想事成」地來共襄盛舉，而我前幾天的焦慮總算可以告一段落。可惜，放鬆身心的我躺在地板上，想要入眠卻反而很難入睡了。我在地板上翻來覆去，不知道過了多久還是一樣，最後只好放棄。

我捧著一杯熱茶跑到陽台，坐在高腳椅上，從高樓看著深夜裡的台北城只剩下零星的燈火閃爍著。他們也是失眠人嗎？不曉得他們會有怎麼樣的故事？

忽然，陽台的落地窗門打開，我回頭看，是李稚。

「我以為你睡了。」我說。

「淺淺的睡了一下。」李稚聳肩。

「不知道鳳珊睡得習慣嗎？」

「據我所知，鳳珊姊一向不認床的。她只認人。她會答應來借住你這裡，不像過去的她會做出來的事情，畢竟，你們根本還稱不上是情人。她來這裡不完全是被阿倫氣到的緣故。她很相信你，她對你真有好感。」

「你接下來，又準備來說我不可能愛上她嗎？」

李稚抬頭看著上弦月，搖頭說：「我不是不能左右你愛誰嗎？如果你真的覺得自己愛上鳳珊姊，那麼你就去愛。」

我笑起來，說：「你過幾天又會是另一套說辭的。」

「這幾天帶給你困擾很抱歉。天亮我就會走的。」李稚說。

「你走去哪？舅舅家和姊姊家你都不喜歡，他們也正處在情緒上，你何必勉強自己回去？鳳珊已經打過電話給他們啦，暫時就住這兒吧。」

李稚展露笑靨：「那我明天要去買一塊木板，寫上『三明治俱樂部』，然後掛在你家門前。」

「一定要讓全住戶都知道我們是搞3P的嗎？」我開玩笑說。

風愈來愈大，我覺得有點冷了。

「你只穿一件短袖T恤，很冷吧？趕快進房間裡去。」我對李稚說。

李稚握起右手的拳頭，在心口輕輕捶了兩下，然後指著我說：

「不冷。我的心臟夠強壯。」

有誰的心夠強壯，什麼也不怕的呢？只要我們還懂得在乎一個人，我們的心就永遠也不可能變成絕無擔心和毫無畏懼的啊。

✸

第二天一早，我們開始面對三個人同在屋簷下的新生活。

我們輪流用完浴室，然後一起出門，一起到街角的美而美早餐店吃早餐。

從前都是一個人離開公寓，一個人盯著報紙沉默的吃完早餐，而今天卻是在熱鬧哄哄的談笑間拉開一天的序幕，這種感覺很新鮮。

我和李稚要進捷運站搭車。和高鳳珊道別之前，喜歡計畫的她問道：

「說說一日之計吧！」

「我今天蹺課。夠偉大吧！」李稚說。

「我今天要把下星期即將展開的促銷書展，跟出版社聯繫好。」我說。

「我今天要以充電滿格的姿態，以迅雷不及掩耳的方式，用功的開始尋找新的工作和新的房子。」高鳳珊說。

「然後，晚上一起去Champagne喝酒吧！」我邀約。

他們欣然答應了。

我跟李稚進了捷運站以後，在對面的月台角落看見熟悉的人。

「那是鳳珊的朋友，曾嫚麗。可惜太遠了，叫不到她。」

我告訴李稚，李稚轉頭看，然後有些訝異地說：

「她身旁的那個男人，好像是我姊姊現在的先生。那個我們彼此對看不順眼的人。他們彼此認識？」

這時我才意識到曾嫚麗身旁是一個中年的男人，不是Jacky。

他們是同事準備一起去上班吧，否則怎麼會一大早同時出現？可是，我忽然想起了上回Jacky曾向我抱怨，關於曾嫚麗變得怪怪的事情。

對面的電車已經來了，擋住我們的視線。

「你確定是你現在的姊夫嗎？」我問。

「應該是吧。不過，只瞄了一眼，也有可能看錯。」

「你很少認錯人的。」

「我希望這一次是認錯人的。我老姊肯定不知道他先生有外遇了。」

「曾嫚麗的男朋友也不知道。」

「在你家的兩隻老公公鼠也被蒙在鼓裡。」

「我開始同情那兩隻老鼠了。」

列車緩緩離開月台，而曾嫚麗與那個男人也煙消雲散了，只留下一團迷霧的李稚和我，呆呆的佇立在原地，直到耳邊響起車門關閉的警示音時，我們才發現要搭乘的列車早就停在月台邊了。

第六集

李稚

①三明治俱樂部（Sandwich Club，以下簡稱「S.C.」）第一條款，倒垃圾班表如下：每兩天一次，星期一晚上是李稚，星期三晚上是張欣銘，星期五晚上或星期日晚上是高鳳珊。「S.C.」第二條款，環保垃圾袋三人輪流購買。「S.C.」第三條款，晾衣服班表如下：星期日到星期二是李稚，星期三、四是張欣銘，星期五、六是高鳳珊。「S.C.」第四條款，容易受損衣物請用洗衣袋。「S.C.」第五條款，第一次下水洗滌並可能褪色的衣褲請用手洗。

②「S.C.」第六條款，清掃部以區域劃分責任歸屬。高鳳珊負責自己的房間，李稚負責客廳和陽台，張欣銘負責廚房吧台和浴室。「S.C.」第七條款，宵夜輪流買。每次輪流由一個人負責想出要吃什麼，再由另兩人負責採買。平常身上多出的零錢可集中到鞋櫃上的存錢筒當作宵夜基金。

③「S.C.」第八條款，同在一個屋簷下的三人應該誠實以對。無論三人平日各自多麼忙碌，希望能在每周日晚間的睡前抽出時間喝晚茶，分享公事或私事。三人若遇見意見不同時，必須平心靜氣地討論解決。

自從我真的找人做了一塊「三明治俱樂部」招牌，掛在張欣銘的家門口之後，將近一個星期以來，我們都在適應這塊招牌所伴隨而來的「S.C.條款」。

「S.C.條款」是我和鳳珊姊提議制定的，目的是希望能藉此分擔張欣銘的辛勞，不讓他覺得我們成為了他在生活上的負擔。因此，我和鳳珊姊自然是樂於遵守的，但張欣銘卻怎麼樣也不願意配合。

「所有的事情都應該由我來做。我住在這裡，本來就要做那些事的，跟你們有沒有來沒關係。」張欣銘又在發揮他的熱心了。

問題是，一個屋簷下忽然多出兩個人，哪有不改變生活的道理呢？垃圾袋、衛生紙、洗衣粉、洗髮精、咖啡和茶包……等日用品一定會消耗得更快，而且許多習慣也都需要協調配合的吧。可是，任憑我跟鳳珊姊如何說服張欣銘，他就是很堅持己見，最後，我和鳳珊姊只好以退為進。我跟鳳珊姊故意跑去買自己要用的日用品，不用他買來的，這令他很難理解與接受。

「拜託，不要這樣，太見外了。」張欣銘無奈地說。

「那麼就接受我們的『S.C.條款』吧！」我說。

張欣銘啞口無言，最後只能默默接受。我跟鳳珊姊露出勝利的笑容。

這幾天，我在和張欣銘與鳳珊姊的相處過程中，有著很新鮮的體驗。

早上，我們一同出門，張欣銘去上班，鳳珊姊去Starbucks看報紙找工作，我則去學校上課；晚上，如果時間允許，我們會相約共進晚餐，一起看電視和吃宵夜；我們分工合作，許多過去覺得麻煩的事，忽然都簡單了起來。

好幾個早晨，我坐在沙發上等候洗手間輪流梳洗時，都猜想這樣同居的感覺，或許就是一個理想的家庭生活吧？我難以想像失去家人關心的我，此刻竟然可以選擇想要的家人，不再像待在舅媽家時，一大早起床想到的只是從屋子裡逃跑。

三個人在一起聊天的內容變得很豐富，曾嫚麗當然是其中的一個話題。

我們聊起了上星期，張欣銘和我在捷運站看見她的事。

鳳珊姊搖頭說：「嫚麗的確曾經跟我提過認識了 Jacky 以外的男人。他是個有婦之夫，而且是她的上司，應該就是你們看見的那個男人吧。我沒想到竟然會是李稚的姊夫。」

「其實愈說我愈不確定了。」我說。

「姊夫是德國電子業的台灣區總經理嗎？」鳳珊姊問。

「他的事，我聽了就左耳進右耳出，實在不記得了。」

「Jacky 早就懷疑嫚麗了，我還勸他不要多想，沒想到果然是真的。難道嫚麗這樣子不覺得累嗎？她最近看起來還好嗎？」張欣銘問鳳珊姊。

「我已經很久沒見到她了，她最近都沒上健身房，可能蠟燭兩頭燒，沒有空閒時間。如果事情真牽扯到李稚的姊姊跟姊夫，下次見到她，我很難裝作什麼事都不知道。我在想，我是不是該主動勸阻嫚麗？」

張欣銘走到老公公鼠的籠子前，聳聳肩，笑著說：

「順便幫我問一問，她的老鼠該怎麼辦吧。」

我說：「想不到我們的『三明治俱樂部』馬上被曾嫚麗給比下去了。鳳珊姊，妳的朋友太酷了，竟然捲入四角關係，可以湊一桌打麻將了。」

比起曾嫚麗的狀況而言，我們三個人同居的生活顯然很純潔了。不過，我突然間很能體會，在曾嫚麗的心中可能有的無奈。

我雖然喜歡大家住在一起的感覺，但矛盾的卻是我得面對張欣銘和鳳珊姊勢必「愈演愈烈」的互動。鳳珊姊並不知道我對張欣銘的情愫，而我也已經答應張欣銘，不再干擾他究竟喜歡誰了，於是所有的情緒都只能埋藏起來。儘管看見他們親暱的時候，我仍會暗暗吃醋，但又能怎麼辦呢？

一個是我喜歡的男人；另一個是我不願意受到傷害的女人，我愉快地展開新生活的同時，卻也陷進了進退維谷的局面。

✸

鳳珊姊努力了幾個星期以後，終於找到新工作。然而，她並沒有十分期待。新工作是網路線上遊戲雜誌的企畫，跟過去的網頁編輯差得很多。鳳珊姊告訴我，她並不是真的喜歡，但景氣不好工作難找，她只好先視為過渡時期。

可能因為新工作是不熟悉的領域，鳳珊姊顯得緊張。她第一天上班時，我的學校上午沒有課，而張欣銘恰好也輪休，於是我們決定送她去上班。

「發揮妳的專長，排定工作計畫，沒問題的啦！」

我為鳳珊姊打氣。我們三個人站在鳳珊姊新公司的大樓樓下。

「我得面臨對網路遊戲很陌生的現實。」鳳珊姊無奈地。

「用現實所能帶給妳的條件，來破除現實加給妳的限制吧！」

張欣銘握起雙拳，露出堅定的眼神，彷彿是他要去迎接新工作的挑戰。我和鳳珊姊看了，忍不住笑出來。

鳳珊姊上樓以後，我和張欣銘兩人對視，竟忽然有了前所未有的尷尬。好不容易，他終於開口問我：「這一個星期以來，住得還適應嗎？」

「我要適應的不是住的問題，是你跟鳳珊姊。」

張欣銘愣了一會兒，說：

「我說了，希望你不要生氣。我想，你必須學著適應面對我跟鳳珊。因為我們對於彼此的感覺、默契和互動，只會愈來愈靠近的。」

「不用說我也看得出來。」

「你的口氣又變得不大好了。」

「我哪有？」

「我不是第一天認識你，當然知道你在想什麼。」

「我說過不會干涉你跟鳳珊姊的事情，就絕對不會在你面前冷言冷語。可是，我不是機器人，我也會有情緒的。不過，你別擔心，你不願意跟我在一起，我不會怪你，只會怪自己。」

張欣銘聽了以後皺起眉頭，堆起滿臉的同情，試圖開導我：

「你千萬不要怪自己啊，感情這種事，本來就沒有誰的錯。」

我見狀，覺得有趣，決定逗他：

「你誤會了。我是怪我自己，在你吻我的那個大雨的夜裡，竟然沒有一鼓作氣把你給騙上床。太可惜了，我真是白癡。」

張欣銘訝異地看著我。我看見他的模樣，差一點失笑。

我們途經一間電腦賣場時，走進去逛了逛。我在一個販售筆記型電腦的攤位前駐足。專櫃裡陳列的筆記型電腦有著精巧的造型和前衛的設計，很吸引我的目光。

「你想買？」張欣銘問。

「我是個窮學生，哪裡買得起？」

忽然，身後傳來一個男人的聲音：「窮學生也買得起。」

我回頭，是這家電腦公司的業務員。美麗的電腦專櫃裡，難道連業務員都是精采的商品之一嗎？這個男人大約二十五歲左右，他整個人亮眼得令我跟張欣銘在他面前，完全變成生產線上充滿瑕疵的劣質品。我直覺便感應到他也是同志。我偷瞄別在他胸前的名牌，他的名字叫做林日新。

「這款筆記型電腦開始降價了，不到四萬五千元。我們剛推出學生分期付款優惠專案，所以窮學生也可以買得起。」

我正準備開口，張欣銘卻搶先問：

「因為設備要淘汰了，所以才降價吧？」

林日新搖頭，禮貌地解釋：「恰好相反。降價的原因並非設備不好或即將淘汰，只是公司要推出新機種了。雖然推出新機種，但我們公司對於過去出品的機種零件都會一直生產，不用擔心想要維修卻無所適從的窘境。」

林日新說完以後，認真地看著我。他的眼神太專注，我竟然有點緊張。

「這樣吧，你也不用現在決定。可是如果你想買，下次再來找我，我可以送你一個光學滑鼠。請慎重考慮，只有學生才有優惠。」他微笑起來。

「我得另外添購相關軟體嗎？很貴的。」我問。

「你列出你需要的軟體，我可以私下灌給你。絕對讓你滿意。」

「是不是有和你們合作的電腦教學課程？」

「是的。只要是買我們的產品，都可以到指定的電腦學校以八折優惠價上課。當然，教學只能領進門，剩下的還是要自己Try喔！」

林日新說Try這個單字時，不知怎麼，整個人變得特別有說服力。

張欣銘走到我身後，在我耳邊悄悄地說：

「Fnac也有分期付款的優惠，回我店裡買吧。」

林日新仍然聽見了張欣銘說的話，他很努力地向我們解說：

「Fnac的分期付款需要先辦理會員，而且還要繳交會員費和手續費。我們這裡因為是直營店，所以不必負擔額外費用，刷卡也不用加成。」

張欣銘有點困窘，站在一旁，不再說話。我仔細觸摸和試用著電腦，繼續詢問林日新關於配備的問題。林日新向我解說，這台電腦使用最新的作業系統版本，因此USB插頭不需要另外灌進驅動程式，隨插即用。

「不管是外接滑鼠、繪圖版或是隨身磁碟，只要插入，桌面就會立刻顯示，不像過去的作業系統需要另外的驅動程式，而電腦又總是搜尋不到程式。」

林日新語畢，拿出一個隨身磁碟操作給我看，可是電腦卻沒有如他所言隨插即用，始終沒有動靜。

「怎麼回事？」我問他。

「可能這個隨身磁碟壞了。」他回答。

張欣銘靠過來看，說：「還沒有買就出問題了。」

林日新重新再操作一次，調整隨身磁碟，電腦總算感應出來了。

「插入的角度，本來就是需要一點技巧的。」

林日新的語帶雙關令我吃驚，我們對視彼此，兩人終於忍不住噗哧一笑。

我拿了林日新的名片，也應他的請求留下聯絡地址和電話，若有最新產品特惠訊息便會隨時通知我。

走出電腦賣場，張欣銘始終不發一語。

「我要去上課了，再見。」

我跟他道別，同時把林日新的名片收進皮夾。

「他很沒有禮貌。你知道他在對你性騷擾嗎？」他忽然開口。

「胡說。」

「你不能跟這種低俗的人買賣。低俗使人類潔淨的靈魂失去光彩。」

「他並不低俗，也沒有對我性騷擾。他只是對我有意思。」

「你不要忘記他是業務員，業務員多是油嘴滑舌的。你還小，根本不知道社會上有很多騙子。」

「你不要再說我小了。他不是騙子，你不該隨便論斷一個人。」

「你真傻，誰都聽得出來他在勾引你，而你看上的也不是電腦。」

「誰也都看得出來，你剛剛對他很不客氣。張欣銘，你在生什麼悶氣？該不會是吃醋吧？他就算勾引我、就算對我性騷擾，也不干你的事。我不干涉你的戀情，你也不該管我。」

我生氣的說完以後，掉頭就走。

***

我承認，我是借題發揮的。我對張欣銘發洩了心中壓抑的情緒。

接下來的好幾天，我面對他與鳳珊姊，感覺變得更加複雜。

張欣銘和鳳珊姊由於辦公室相近，下班的時間也差不多，兩人開始經常共進晚餐，並且相約一起上亞力山大健身房。他們兩個人同行的機會大大增加了，然而，我因為上下課和種種的因素，無法參與他們的行動。

雖然三個人在晚上和假日仍然會相聚，也都是很愉快的氣氛，但當他們聊起共通的話題時，我坐在一旁，難免有一種被排拒在外的窘態。我看見有了新工作和展開新戀情的鳳珊姊心情變得開朗，很應該高興的，可是只要再看見張欣銘的時候，心中就是隱隱流動著矛盾的情緒。

我原來無法如期望中的習慣這一切。我可以做到不在他們面前表露出感覺，但心底始終存在一座燒滾的活火山。

有一天傍晚下課以後，我跑去Fnac找張欣銘，結果他已經出去吃晚飯了。我猜正是跟鳳珊姊吧。我失望的離開以後，在一樓賣場大門口遇見姊夫；當然，是我喜歡的那一個。我們都挺開心遇見了彼此。

「來一根吧！」我向他討菸來抽。

「你並不抽菸的，看見我卻想抽，豈不是被我帶壞了？」姊夫說。

「我本來就很壞的。」

其實我看見他，想到的不是菸，而是想到姊姊現在的先生有了外遇。

「姊姊最近還好嗎？」他主動問起。

我思考了一會兒，還是決定說了。

「她先生好像有了外遇。」

他驚詫地睜大眼睛問：「姊姊告訴你的？」

「不是，我撞見的。那男人外遇的對象，原來是朋友認識的。」

「他不能如此對待你姊姊！」

「這是她的選擇，你跟我說過的。」

「她選擇的應該是幸福的婚姻，不是先生搞外遇。」

「我不知道能幫什麼忙。」

「應該去告訴你姊姊，至少請她注意一下。」

「我最近跟姊姊和舅媽家處得不是很愉快，暫時搬出去跟朋友住了，沒有機會跟姊姊見面。」

「你又要酷了？」他笑起來問。

「才不，我最熱情了。我不是一見到你就熱情的找你抽菸？對了，我還欠你一杯酒，今天一定要還。」

上回巧遇姊夫，在道別的時候，曾答應下回見面要讓我請他喝一杯。

我帶他到Champagne喝酒。在昏暗的室內，杯觥交錯之中，兩個總是帶著壓抑情事的男人與男孩，似乎特別容易醉。

「姊姊如果選擇你，怎麼會有外遇這種事？」我慫恿他：

「姊夫，你加把勁，讓姊姊對你刮目相看，把她追回來吧。」

「你還在想這檔事？這是十八歲的年輕人才有資格說的話。我跟你姊姊的年紀都大了，我雖然心底這麼想，但事情可沒那麼簡單。」

「我的世界也很複雜的，不要小看我了。」

姊夫豪邁地敬我一杯，說：

「都能請我喝酒，算是個大人囉，我怎麼敢小看你呢。」

怎麼樣才算大人，怎麼樣又算小孩呢？大人跟小孩如果都會被相似的情緒給困擾著，我懷疑人又何必長大呢？

回家以後，張欣銘和鳳珊姊已經在家裡了。我還來不及告訴鳳珊姊我遇到姊夫，她就興奮地跑來告訴我：

「要不要一起學日文?張欣銘準備要跟我去上日文課。」

「是嗎?張欣銘不是英文系的,怎麼改行了?」我淡淡地問。

張欣銘解釋:「我大學也修過日文。」

「怎麼樣?」鳳珊姊追問我。

「我沒什麼興趣,而且也沒有多餘的錢。」

「你就考慮一下吧,反正你下課以後也沒事。」張欣銘說。

「你錯了,我有很多事要忙。」

「不要再跟朋友去混搖頭舞廳了。」

我賭氣回他:「我的朋友很多,不是只有這種選擇。」

張欣銘看著我,不語。我知道他感覺到我的不悅了。

為了「證明」我確實很忙,第二天晚上張欣銘問我要不要回家吃宵夜時,我立刻告訴他我已經有了事情。其實我哪裡有什麼事呢?我只好一個人孤伶伶的窩進師大路的一間小酒館裡。沒想到,我在這裡遇見賣電腦的林日新。

「決定買電腦了嗎?」他問。

林日新坐在吧台邊緣,今天的他沒有穿著制服,看起來多了幾分頹廢。

「我需要更多的介紹。」我說。

「更多的介紹？我叫林日新，剛退伍不久，上個月滿二十五歲。白天在電腦賣場上班，偶爾晚上會來酒館幫忙這裡的酒保朋友。喔，我目前還是單身，而且希望交往的對象是正打算買電腦的大學生。還需要更多的介紹嗎？」

我微微地笑起來，說：「夠了，聽起來是充滿能量的新機種。」

「不過，你要親手Try Try看，試了才會知道性能好不好。」

林日新語畢，整個人傾身靠向我。距離太近，我感覺到他充滿挑逗的氣息。

「那天在你身旁的是你男朋友？」他突然問。

我愣了一會兒，搖搖頭說不是。林日新若有所思。

「我要走了。」我說。

「你很幸運。」林日新撂下一句話。

「什麼意思？」

「你很幸運。今天晚上又推出了學生特惠專案。只要是你有興趣的產品，現在就可以帶出場試用了。」林日新伸出雙手，邪邪地說：

「隨插即用，Try Try看吧！」

當然，我聽得出來林日新的意思。那天在電腦商場時，我想他是開玩笑的，可今天當他這麼說的時候，我不禁懷疑他是真的對我有好感。

我看著他好看的笑容，思考著應該如何面對。「為什麼不 Try Try 看呢？」忽然，我的耳邊迴盪起他說過的話，可同時間也浮現了張欣銘的臉龐。

雖然林日新的語言瀰漫著性暗示，但我們這一晚並沒有做出踰矩的行為。林日新開車載我到華納威秀，請我看一場電影，之後還去夜市吃宵夜。

相較於張欣銘的熱心、木訥與誠懇，林日新的個性是很外向，有些捉摸不定的。可是，張欣銘對我的熱心畢竟不是熱情；而林日新的熱情卻彷彿用不盡。他嘴裡的甜言蜜語，很難不成為一個討喜的男人。

林日新開車載我回到張欣銘的公寓樓下。我騙他這是我租賃的地方。

「你上健身房嗎？」道別時，他問我。

「你忘了，我是窮學生。健身房的會費很貴的。」

「明天晚上有空嗎？我帶你去加州健身中心。我是會員，可以有幾次機會帶朋友免費試用。一起來玩玩吧？」

我的心中頓時百味雜陳。張欣銘認識我這麼久了，從來沒有想到帶我進健身房看看。為什麼說出這個邀請的人，是沒有見過幾次面的林日新呢？

✸

「一起來玩玩吧！」

幾天以後，張欣銘找我和鳳珊姊在週末時去育幼院做義工。

這幾天晚上，我都跟林日新有約，每天混到很晚才回來。難得今天提早回到張欣銘的公寓，發現家裡只有張欣銘。鳳珊姊和朋友聚餐還沒有回來。

「這個週末我已經有事了。」我回答他。

「你最近變得很忙。」

「你也是啊，」我笑起來說：「你跟鳳珊姊變得好忙啊。」

「我們一起約吃晚飯，上日文課，去健身房，然後也一同回家。在一起的時間很多，都挺愉快的。」

「你們已經是情人關係了，而我跟你們住在一起，變成了電燈泡。」

「你想太多了。我跟鳳珊目前只能算是很親密的知己。鳳珊還是繼續在找房子，她說，等到有適合的出現，她還是會搬走的。」

「既然會變成情人，她何必搬走呢?應該搬的人是我。」

「即使我和她已經像是情人了，但鳳珊可能還是沒有完全擺脫八年情感的陰影。她不主動談起我們現在的關係，我也不想強迫她。坦白說，她是應該輕鬆面對生活的，不一定需要立刻投入另一場戀情。」

「你對她可真是體貼。雖然，我難免懷疑你到底是真的體貼，還是找個正當的理由來逃避自己的問題？」

張欣銘沉默，我不知道他這樣是代表什麼意思。

「我跟林日新交往了。」

我話鋒一轉。說出這句話之後，我開始注意張欣銘的反應。

「誰？該不會是那個賣電腦的吧？」

他的語氣不是詫異也不是生氣。他的臉上竟然是閃過驚喜的。

「正是他。他還以為我們是一對。確定了我不是你的男朋友以後，他就開始約我出來了。」

「我雖然不喜歡他，但是你既然選擇了，我就會支持你。」

「他知道台北可玩的地方還真不少。除了上Pub、看電影和逛街，他還開車載我到陽明山的馬槽花藝村泡湯。他大概還挺有錢的，知道我是窮學生，從來不叫我付錢。對我很有好感。」

我故意說得很滿足的樣子，想繼續試探他的反應。

「恭喜你，苦盡甘來了。聽起來他是你苦苦尋覓的Mr. Right，你可要好好掌握。」張欣銘鼓勵我。

「還有，他帶我進加州健身房。」我繼續說，提高了音量。

「上健身房也令你這麼開心？」他失笑。

我沒好氣地回他：「沒錯，我開心死了。因為有人從來也沒想過帶我這個窮學生進亞力山大看一看。」

我以為張欣銘會繼續數落林日新，並且阻止我跟他交往的，沒料到他居然這麼高興的鼓勵我。他的態度令我十分落寞。

✸

第二天，我在學校接到鳳珊姊的來電。我直覺猜想是關於去育幼院的事，結果，鳳珊姊開口邀請我今晚與她共進晚餐。

我覺得詭異，因為鳳珊姊是個很有計畫的人，如果約人見面，很少當天才說，而且她最近跟張欣銘同進同出的，不大會有時間單獨與我相約才對。就連約的餐廳也很沒有鳳珊姊的風格。

果然，當我抵達餐廳時，發現不是只有鳳珊姊一個人。

坐在她身旁的是姊姊。我尚未入坐，她就開口說：

「你不要怪鳳珊，是我叫她約你的。我知道如果說是我要約你，你不一定會出現。」

我覺得自己被騙了。我叛逆的火氣逐漸燃起，變得面無表情。

「姊姊有一些事要和你商量。」鳳珊姊說。

「有什麼事快說吧，我有別的事情。」

「你必須回到舅媽家。」姊姊說。

「我才不回去。」

姊姊把手機拿出來，翻閱出舅媽的電話，一副好言相勸的樣子：

「現在就打電話告訴舅媽，你想回去。」

「妳有沒有搞錯？他們趕我出來，現在要我主動要求回去？」

「舅舅跟舅媽沒有趕你出來。他們當初只是以為我是你姊姊，所以暫時希望你到我這裡來。老一輩的人無法這麼容易面對你的問題。」

「那麼現在他們能面對了嗎？」

「你還是保持過去那樣，不要刻意提起你的性向，他們也就當作沒事了。」

我笑起來：「何必這樣？大家裝模作樣的多辛苦。」

「他們對於你住在別人家裡頗不以為然。」

「他們知道我是跟鳳珊姊住在一起。」

「你不是不知道舅舅的脾氣很固執。他不能接受你一直住在別人家裡。再怎麼說，你也是奶奶託付給他們照顧的，他們得對自己的良心負責。」

「你不要再說了，我不想回去。」

姊姊變得有些不耐煩地說：「李稚，你能不能為大家著想一點？」

「為誰著想？誰又為我著想？」我氣憤地質問。

「鳳珊，妳替我勸勸他。他從小只聽妳的。」

鳳珊姊尷尬地看著我，說：「李稚，你偶爾還是可以到張欣銘家住的。」

我噤聲不語。三個人僵持不下，周圍吃飯的學生顯得特別吵雜。

終於，我打破僵局，說：「我寧願去妳家也不想回他們家。」

「不行。沒有討價還價的事情。」

「那就沒什麼好說了。我走了。」我站起身來，作勢離開。

「李稚！」

姊姊叫住我，她的態度趨於低調，變得吞吞吐吐地說：

「就算我，請求你吧。你如果不回去，舅媽就會一直叫你到我家的。」

我怔怔地看著她。我真不敢相信，原來姊姊今天來叫我回舅媽家的原因，居然是她害怕我住到他們家。

「舅媽昨晚打電話來，要我叫你回去，我在電話裡跟她說，你的個性很倔強，暫時不會回去的。她說，如果你以後再也不跟他們住了，無論如何還是希望你可以住到我家。他們覺得，住在姊姊家總還是比住在朋友家好。」

「可是妳擺明了要我回舅媽家。」

姊姊安靜了一會兒才勉強地擠出一句話：

「你姊夫，很討厭同性戀。我們會因為你的事情而爭執的。」

我佇立在原地，並不覺得自己被侮辱，反而覺得同情起姊姊來了。我同情她竟然如此護著她那發生外遇的先生，全然失去了自我。

「妳即使不這麼做，他也已經破壞了你們的關係。」我說。

「李稚……」鳳珊對我搖頭示意。

我仍然決定告訴她：「因為妳先生有了外遇。」

「一定是陳志翰告訴你的？」姊姊嘆口氣，出奇的冷靜地說：

「我以為他只是跑到我面前胡說八道，沒想到也到你那裡亂說。我真不曉得他到底是存著什麼心態，太可憎了。我會去找他算帳！」

「妳搞錯了，不是姊夫告訴我的，是我告訴他的。」

「你憑什麼亂說？」

「他外遇的女人是鳳珊姊的朋友，被我撞見過。姊夫看不過去，覺得應該讓妳知道這件事情。姊夫始終還很愛護妳。」

「請你不要再叫陳志翰姊夫。我們離婚了，他已經不是你的姊夫。」

「他是我心目中的姊夫。」

「你不要再跟他混在一起。陳志翰什麼都不會，只會借款欠錢。」

「也許他真的什麼都不會，包括不背著妳偷腥。」

「你給我閉嘴！」

姊姊終於還是動了肝火。即使她裝作相信他先生沒有外遇，然而，她慌張的眼神已經說出了她的徬徨。

我和鳳珊姊在回張欣銘家的路上一語不發。我思考著姊姊的處境，不由得感到難過。每一個人都有自己的難關，以及難以解釋的苦楚吧。就像我和姊姊兩個人淡漠的關係，也許誰都不願意如此的，但命運就這麼改造我們了。

✱

那一晚過後，我仍然繼續待在張欣銘的家裡。

姊姊暫時沒有氣力來管我到底會不會回舅媽家，或者，擔心我會被舅媽分發到她家。姊姊和舅媽雖然不催促我，可是，卻換成了一個人。

張欣銘開始勸我回去舅媽家。

星期天睡前是「三明治俱樂部」依照慣例的「談心時間」。張欣銘首先發難，訴說他近來工作上的不滿。鳳珊姊則說，他已經和曾嫚麗碰過面了。

「嫚麗說，她既然跟這個男人外遇，就已經和他達成共識。」

「我不懂。他們想要正式在一起？」張欣銘問。

鳳珊姊搖頭回答：「她的外遇定義就是各自仍保有『官方』的伴侶，並且在這樣的關係下暗渡陳倉。所以，他們不會扶正彼此的關係的。當然，如果Jacky和李稚的姊姊不知道或者沒有動作的話，他們也不會主動分開。對嫚麗來說，外遇的刺激感比正常關係更誘人。」

「太難想像了。」張欣銘滿臉困惑。

「我很難料想姊姊最後會做出什麼事來。她不是一個能夠接受兩次婚姻失敗的女人。」我說。

「我即使告訴她那男人的背景，她還是不為所動。」鳳珊姊說。

話題告一段落以後，張欣銘再度積極地展開了向我遊說的功夫。

「你不用費盡唇舌了。」我勸阻他。

「他們是你的監護人，本來就有責任照顧你的。畢竟你在這裡待了好幾個星期了，是應該回去一下，這樣子他們才會放心。也許過一陣子你再來這裡住，他們也不會阻攔的。」

「連你都在趕我？」我沮喪地看著張欣銘。

「親人是圍繞自我的行星，彼此之間存在著一條不可能消失的軌道。雖然你不喜歡舅舅和舅媽，可他們總是你除了姊姊以外的親人了。」

鳳珊姊開口：「欣銘說得沒有錯，回去亮個相也好。如果之後你真的還是不喜歡，那麼也許我可以跟你姊姊溝通一下，讓她告訴舅媽，你已經住在她家了，而實際上你回到這裡。」

鳳珊姊的話動搖了我先前的固執。我幾經思索，最後終於同意了。

我不願意回到舅媽家，其實不全然是舅舅和舅媽的關係。我想繼續留在張欣銘的家裡，原因極其簡單，因為，這裡是張欣銘的家。

雖然，我看著張欣銘和鳳珊姊的關係進展會升起醋意，但我至少還能見到張欣銘。如果我離開了，我不但看不到他，更會胡思亂想他和鳳珊姊同在屋簷下所做的一切事情了。

「三明治俱樂部」的「談心時間」理應是三人彼此坦白的，可惜，我怎麼也辦不到坦承所有內心的掙扎。

✸

回到舅舅和舅媽家的第一天晚上，全家的氣氛都很詭譎。

他們刻意不提起我的事情，而且對我太客氣了，使我很不自在。可是我很清楚，當他們愈裝作不在意的時候，他們愈是無法真的接受。

晚餐時，他們在唸國中的寶貝兒子，傻呼呼的坐在桌前等飯吃。大家都沒有交談。舅舅和舅媽在廚房忙，而我準備好每個人的碗筷。

舅舅來到餐桌時，帶了一副新的免洗碗筷過來。悶不吭聲地將我位子上過去慣用的碗筷，置換成這組免洗餐具。

「你什麼意思?」我冷冷地問他。

他看了看我，不說話。

「吃飯吧。」舅媽來了以後，當作沒聽見我問舅舅的話。

「我為什麼要用免洗餐具?」

舅舅和舅媽依然沉默著。我把桌上的免洗餐具拿進廚房丟進垃圾桶裡，拿回我慣用的餐具回到桌前。

他們的寶貝兒子忽然將碗筷放到桌上，不再吃飯了。

「請你以後在我們家吃飯，都用免洗餐具吧。我不想被傳染。」他說。

我不可置信地看著他，接下來忍不住笑出聲來。

「你們怎麼教育小孩子的?」我轉頭問舅舅和舅媽，笑著說:「同性戀是B型肝炎，還是禽流感病?」

舅舅嚴肅地說:「我們不知道哪一天你會不會帶愛滋病回來!」

「你們真是偽善!既然害怕，又何必裝作不能辜負奶奶的託付，勉強要來照顧我呢?」我說。

我衝回房間，把下午才從行李箱拿出來堆在床邊的衣物，又一股腦兒的全部塞回箱子裡，頭也不回的就離開他們家了。

那麼，我該去哪裡呢?

我拖著行李箱，現在真是無家可歸了。即使我在別人面前可以表現得多麼冷酷而堅強，但面對自己的時候，仍會感覺悲傷的啊。

我不願回到舅媽家，暫時也不想去張欣銘家，只能遊蕩在台北的街頭。城市的繁華，此刻與我一點關係都沒有了。

我經過霓虹閃亮的華納威秀時，想起了林日新。我搭上計程車，驅車前往師大路上的那間林日新經常出沒的小酒吧。

一推開門，我見到林日新的背影。他親暱的與身邊另一個男人靠坐在一起。我站在原地動也不動的看著。大概是很奇怪吧，被林日新挑逗的那個人注意到了我，貼近林日新耳邊說了一些話以後，林日新回頭看見我。

拖著行李箱的我，此刻突然感覺好窘迫。

我轉身離開了酒吧。我氣憤地拖著行李走到巷口時，林日新在身後喚我。

他追出來，跑到我的身邊，喘著氣說：

「你怎麼沒跟我約就跑來？我不喜歡這樣，太莽撞了。」

我原來想諷刺他，但是忍了下來。我盡量以平穩的口氣說：

「你可以陪我出去走走嗎？你陪我去吃宵夜。我發生了一些事，有很重要的事情想跟你說。」

「現在不行。」他斷然拒絕。

「我想也是。你回去爽吧。」

如果此刻站在我面前是熱心的大好人張欣銘，他肯定是不會拒絕我的。

「你沒有理由擺臭臉給我看。我不是你的誰。」林日新說。

我看著他，再也按耐不住。我奮力地將他推到牆邊，整個人撲上去意圖強吻他，可是林日新用力把我給推開了。

我倚靠在牆角，失去所有的力氣，彷彿連靈魂都虛脫了。

「林日新，你如果愛我，何必問我有沒有男朋友？還成天約我出去，盡說一些曖昧的話？」

林日新揚起嘴角，眼中閃過一絲難以置信的目光，說：

「你搞錯了，我問你那天在你身旁的是不是你男友，是因為我對他挺感興趣的。至於我跟你，我以為我們都清楚，只是陪陪彼此消磨無聊的夜晚罷了？大家Try Try看，不行的話，開開心心玩一玩就好了。有誰那麼在意愛或者不愛？這有什麼重要？」

Try Try看。我聽了哽咽得說不出話來，頹喪的拖著行李箱離開了暗巷。

「喂！改天我再call你出來去泡湯！」

林日新在不遠的背後喊著，他的話被冷風一吹，全跌碎在我的腳下了。

我終究還是去了張欣銘的公寓。我哪裡都去不了，到哪裡都被拒絕，至少還有「三明治俱樂部」是不會排斥我的吧。

站在樓下看見燈光是滅去的，沒有人在家。我的鑰匙已經歸還了，只好一個人坐在大門口等他們回來。我回想起舅舅、舅媽和林日新，不免悲從中來。

過了很久，張欣銘和鳳珊姊總算出現在我的面前。

「怎麼了？你的臉色很不好。」鳳珊姊著急地問。

張欣銘看見我身旁的行李箱，大概明白了些什麼。

「舅舅他們趕你出來？還是你被誰欺負了？」他問我。

我難過得低著頭，不能言語。鳳珊姊和張欣銘蹲下來圍在我的前方，我的餘光瞥見他們關心的表情。張欣銘開口，溫柔地說：

「李稚，我把行李箱搬上去，然後我們一起出去走走吧，有什麼事，我們一邊吃宵夜一邊慢慢說，好嗎？」

我抬頭看著他們，內心有些激動。我想，當我遇見不愉快的事情，需要有人傾聽的時候，總是會待在我身邊的人，才是我應該要選擇一起走下去的朋友吧。

他們的眼神太誠懇了，我注視著，百感交集，竟然在下一秒鐘紅了眼眶。當鳳珊姊拍拍我的肩膀的時候，我終於忍不住倒進她的懷抱裡，雙眼無法控制地湧出淚水，顧不得形象就這麼號啕大哭起來了。

第七集

高鳳珊

①盲點。意指事件當中容易令人忽略，難以釐清的關鍵部分。

②盲點。人類的眼球所看出去的景象，確實存在一個看不見的點。

③視網膜由密密麻麻的神經包裹著，每條神經都有其視覺功能。這些神經像是綁馬尾髮型般，全部束在眼球後下方的一點之上，與視神經幹相連，最後連結至大腦。然而，視網膜與視神經幹相連的這一個點，本身卻沒有視網膜神經，以致於當物體投影至眼球裡時，這個部分將無法感應影像。

④因此，我們所看見的景象，大約在左、右手平舉十度的方向，其實有一個點是看不到的，故稱盲點。

⑤但，我們卻還是看見了所有景物。因為我們的眼球會轉動，在移動之間，眼球上其他的神經將看見並且記住景象。視覺記憶為我們補足了盲點。

那晚，李稚在我懷裡的驚天一哭，我竟然有股強烈的感覺，明白他的委屈絕對不只像他之後所解釋的那樣，只是因為舅舅一家人對他的惡劣態度而已。

我認識李稚十年了，很清楚他的個性。歷經家庭問題的他，這次應該也不至於輕易落淚。一個十八歲的孩子，還有什麼會令他傷心欲絕呢？我猜想是愛情。當我朝著這個方向臆測時，自然也繼續猜想李稚喜歡了誰。很不幸的，這些天以來我觀察著李稚，並回想他在「三明治俱樂部」中與我和張欣銘的互動，竟懷疑李稚喜歡的人正是張欣銘。這不是不可能的。畢竟，在我認識張欣銘之前，他們兩個早就認識了。有許多我不知道的歷史，或許是存在的。

經過那一晚，李稚恢復了往常時而冷酷時而活潑的樣子，張欣銘依然是一個熱心的大好人，而我也按部就班的照著生活計畫上下班、學日文、做社工和上健身房。可是，既然我已經開始這麼懷疑了，這個「懷疑」也就被納入了思考流程計畫中了。我很難假裝什麼都不知道。

因為想東想西的，我的反應變得很遲鈍。某天晚上，心思雜亂的我正在看Discovery電視頻道的醫學節目，李稚出現在我面前。

「鳳珊姊，幹嘛看眼球的構造？這種醫學節目，看了會睡著。」他問。

「從來不曉得原來『盲點』是確有其事的。」我避重就輕地回答他。

李稚走到電視櫃擺放老公公鼠的籠子前說：「鳳珊姊，牠們好像生病了。」

我走上前看，問：「可能是累了吧。之前不都是好好的嗎？」

「我們把燈關掉試試看？」李稚提議。

把客廳的燈熄滅之後，籠子裡的老公公鼠還是安安靜靜的。實在沒辦法了，只好再把燈打開。

「等張欣銘回來吧。」李稚聳聳肩說。

「為什麼？」我脫口而出。

「為什麼？」李稚顯得驚訝，奇怪地問：「老鼠是他帶回來的啊，現在若是生病了，他也有責任照顧，一起想想辦法吧。」

李稚的反應令我見到自己的失態。當我聽見張欣銘的名字從李稚的口中說出來時，實在顯得太過緊張，而緊張的背後，張欣銘存在於我內心的位置彷彿也更加清楚。只是當我開始在乎張欣銘時，李稚的位置也浮現出來了。

情勢應該比我緊張更多的曾嫚麗，卻反而一派樂觀。

這天晚上，我從亞力山大健身房離開時碰到她。自從曾嫚麗和李稚姊夫的關係曝光之後，我除了與她見過一次面以外，幾乎沒有再遇過她。我驚訝她今晚竟然能悠閒的上健身房，並且容光煥發。

因為很久沒有好好聊了，我們在忠孝東路bistro98的「茄子咖哩」吃完晚飯後，又跑到了樓上的酒館聊天。這棟被玻璃帷幕所包裹的大樓在黑夜裡晶亮耀眼，跟總是暗地裡偷情而愈發活躍的曾嫚麗很相襯。

「妳的四角關係應該還沒有解決吧？整個人看起來竟然這麼有精神，如此臨危不亂？」我不解地問她，一連串的疑惑。

「妳記得這棟大樓過去是老舊的磚瓦平房嗎？誰料到有一天這裡能聚集這麼多的人氣？這個啟示是只要保持自己的本錢，永遠便有吸引人的本錢。」

「拜託，妳已經有了兩個男人，還想吸引人？」

「這是上帝賦予我的禮物。可是……」她停住。

「可是？」我問，情緒是複雜的。

「我決定放棄總經理了。」

「我沒有聽錯吧？」

「這樣，妳跟妳那個小弟弟也終於鬆口氣囉。」

她上回斬釘截鐵地告訴我，絕對不會主動退出這個感情風暴的，可如今竟然要收手。曾嫚麗啜飲一口咖啡，解釋道：

「那男人真沒種。剛開始說什麼絕對不怕外人的眼光，會繼續保持和我的關係，可是後來，她老婆開始對他施壓，他竟然退卻了。」

「他向妳提出分手？」

「是我提出分手的。我一定要先提出分手，見好就收。妳忘了以前那個醫師男友最後是怎麼對待我的？」

「怎麼不記得?妳撞見了他跟院裡的護士在『那個』啊，他還說『沒把妳甩了就不錯』的話。我唯一一次看妳哭得這麼傷心哩！」

「唉，別提了。我現在才不會這麼白癡。當我聽見他說，我們暫時不要太明目張膽，因為他老婆快抓狂的時候，我便知道在最關鍵時分，他絕對會先犧牲我。為了避免重蹈覆轍，我先提出分手。他哭得很傷心！」她笑起來。

「妳簡直把對醫師男友的氣報復在他身上。」

「也不是。跟總經理的事情浮出檯面後的某一天，我跟他從春天酒店度假回來時，Jacky過來找我。他真以為我出差回來很辛苦，頻頻問我需不需要他來幫我按摩時，我突然有點難過。那一刻我知道我畢竟是他唯一的女人啊。在彼此的關係當中，原來我好像有什麼是忽略的，是沒看到的。」

「妳不說Jacky，我差一點忘了妳生活裡還有這號男人。可是，怎麼辦呢?妳似乎又不能只從Jacky一個人身上獲得滿足。」

「對呀，好煩。我以為年近三十的女人，性情就會穩定下來了，沒想到更加欲求不滿，比青春期還嚴重。怎麼回事，迴光返照呀。」

「喂，不是每個即將邁入三十歲的女人都這樣的。」我趕緊辯駁。

「的確。像妳對張欣銘就是這樣。大小姐，我真的很懷疑，妳跟他同在屋簷下，孤男寡女的，要發生肉體關係是很簡單的，竟然你們至今還如此清白。妳對他已經示好了，而妳也說你們的互動很好，可是他做為一個男人居然就這樣按兵不動了嗎？妳畢竟不是我，不可能猛虎撲羊呀。究竟怎麼回事？你們之間一定有盲點……難道，他生理或心理有問題？」

「別亂說！」我心驚地回答。

張欣銘會是跟李稚一樣喜歡男人的嗎？所以他才遲遲不主動開口追求我？

我們之間的世界，在伸出手十度的方向，或許也存在著一個摸不清的盲點。

* * *

我在電腦裡開了一個word檔，畫出幾列表格，鍵下存檔名稱「盲點」。

盲點一：過去總是讓自己過得很忙，以致於沒時間想生活其實好空虛（幸好「三明治俱樂部」出現後已經改善許多）。盲點二：只會思考和計畫，難以落實與完成（唉，到現在還是這樣）。盲點三：由於擔心「改變」會毀壞現有的狀況（雖然現有的狀況也很爛），因此很容易變得睜一隻眼閉一隻眼。盲點四：總算徹底離開了阿倫，立志展開新生活，可後來才發現自己心腸很軟，短時間仍無法從八年的記憶裡全然脫身（真是羨慕曾嫚麗的果決）。盲點五：應該更早察覺李稚對張欣銘的情感，也該更早注意張欣銘對李稚的態度。盲點六：我和張欣銘其實已經很熟了，但至今他仍沒有進一步表示。他的消極態度或許代表他真的認為我們維持現狀是最好的。盲點七：我從來沒有想過，如果李稚真的喜歡張欣銘，那麼對三個人最好的結果，大概就是我跟張欣銘不該繼續發展下去。只要三個人向彼此攤牌這件事了，我們的關係便會失衡，而「三明治俱樂部」肯定也就要收攤了。

看著電腦螢幕上條列出來的「盲點表」，我陷入兩難。是不是距離太近了，很多問題都無法看清呢？拉開距離，焦距才能更清楚吧。

終於，我做出決定。我應該告別張欣銘的住所。

我決定明天開始，要非常積極地尋找房子，找到了，就立刻搬家。

第二天，我原以為可以全心全意找房子了，但公司卻忽然丟給我一個案子，沉重的壓力隨即膨脹起來，使我根本沒多餘的心力。

老闆竟然要我接手主導一個星期以後在世貿中心舉辦的電玩展。

「可是，我是負責電玩雜誌編輯的，沒有辦展的經驗。」我告訴老闆。

「唉，我知道我知道，可是我們活動組的那個王小姐，前天突然跟我說她不做了，一時之間我真不知道該怎麼辦。媽的，還有一個星期就參展，幾十萬的攤位都租下來了，她做了一半居然現在跟我說她不幹了！氣死我！這兩天，我看全公司的員工，只有妳看起來比較能做事，只好麻煩妳了。」

「可是，我真的不行啊。」我無奈地說。

「行行行，妳行的。妳看，」老闆拿起桌上的資料，說：「每次雜誌的落版單跟計畫進度表，妳都做得有模有樣。」

做紙上表格跟到世貿中心辦展覽是截然不同的啊！然而，我看見老闆比我還手足無措的眼神時，很不忍心，只好答應了他；雖然，我也不能不答應。

因為全無經驗的關係，我簡直不知道該從何開始，整個人坐回辦公桌前竟然產生心悸的恍惚感。我告訴自己，這樣下去不行！為了不讓老闆和同事看出我的慌亂，我趕緊躲進廁所，好不容易鎮定下來以後，拿出手機撥給曾嫚麗。

「妳怎麼現在有空打給我？妳在哪裡？」曾嫚麗問我。

「我在公司廁所裡。」我回答，又接著問：

「嫚麗，妳之前跟妳那個總經理到底有沒有出差過，還是只是上賓館？」

「妳在馬桶上打電話給我，就為了問我這檔事？妳當我是做0204色情電話服務的嗎？」

「不是！我是要問妳，妳到底有沒有幫公司處理過辦展覽的事？我老闆突然要我接手辦展覽，我根本不知道該怎麼做。真奇怪，我應徵的是雜誌編輯耶，怎麼叫我去做行銷活動的事？」

「好好好，聽妳緊張的樣子。放輕鬆！我告訴妳，我雖然過去常跟總經理上賓館『辦事』，但是也有正正經經坐在辦公室裡『辦事』的時候。兩種辦事，我都在行。妳，問對人了。」

幸好曾嫚麗有接觸過辦展覽的經驗，很仔細的告訴我接下來該執行的步驟。

整個星期，我都戰戰兢兢地處理這個案子。我變得好緊張，尤其當老闆完全沒表示我到底做得好或不好時，壓力就更大了。我暫停晚上去健身房和日文課，要不是留在辦公室加班，要不便是回到張欣銘家，關在房間裡準備資料。

張欣銘和李稚不敢打擾我，連在客廳裡看電視都把音量關得很小聲。我覺得自己很對不起他們。好心的張欣銘安慰我說：

「他們沒問題的，放心。妳加油吧！此刻所有的壓力，日後都會轉變成妳揚起微笑的力氣。別擔心，妳一定可以成功的。」

「鳳珊姊，到時候若是在展場需要任何幫忙，儘管告訴我，我可以號召我的狐群狗黨一起過去幫妳！」李稚酷模酷樣地拍拍我的肩。

他們的態度使得我無後顧之憂，可以盡全力準備展覽的工作。

總算，在世貿中心的展覽開幕了，而我的工作也總算暫時告一段落。

中午時分，我準備幫大家外出去買便當回來，怎料竟在展場的走道上看見熟悉的身影。我反射動作般地想立即繞道而行，但是他已經看見了我。

我遇見了阿倫。

確切的說，我是遇見了阿倫，以及在他身旁挽著他的手的「女朋友」。

場面頓時一陣尷尬，我站在阿倫面前居然呆若木雞。

「鳳珊，妳來世貿看展？」阿倫打破沉默開口問我。

「不是，公司調度我來支援展場的工作。」

我明明對著阿倫說話，但餘光卻是觀察著他身旁的那個女人。那女人是聰穎的，似乎看出我和阿倫的關係了，向阿倫和我示意後暫時離開了我們。

「你女朋友？」我鼓起勇氣問。

「公司裡剛認識的。」他回答，聲音是壓低的。

「她長得很漂亮。」

「我剛看見她時，她是長頭髮，背影還真像妳。」

「喂，別這樣說，對兩個女人都不公平。」

我深呼吸，竟然覺得有些難過。我在難過什麼呢？我不是早就跟阿倫分手了嗎？我不是無法接受後來阿倫對我的態度嗎？我不是也喜歡了張欣銘嗎？可現在為什麼看見阿倫與人交往了，會產生這種複雜的情緒？

我想，我在乎的是，為什麼我跟阿倫八年的戀情結束了，最後是由眼前的這個女子繼續下去？阿倫不能為我改變，卻為這個女孩子改變了。

「你找到新工作了？」我問。

「是啊。雖然是從銀行信用卡業務員跨行到電腦軟體業，可是工作的內容是大同小異的，還是做拉客戶的工作。老狗變不出新把戲。」

「你還是住我之前住的那個公寓？」

「搬了，搬去離公司近的地方。」他尷尬地笑著，解釋道：

「真對不起，我不知道上次怎麼會做出如此無聊的事情。我竟然向妳借錢，硬是跟房東租下房子，以為這樣便可以繼續跟妳住在一起，繼續和妳交往，結果卻反而害妳漏夜去找新的住處。對了，我其實也正想跟妳聯絡。上個月的薪資，下星期就會發放了，我要把欠妳的錢還給妳。妳還是用原來那個銀行帳號？我直接轉帳給妳吧！」

我笑起來說：「哇，你總算會自己轉帳繳錢了？」

「別這樣糗我。我已經得到報應了。現在我女朋友所有的繳費帳單，都變成我在處理。」

我心裡一寒。阿倫彷佛真的改變了，變成我當初希望他變成的模樣，可是使他成長的不是我，只是一個認識他不到幾個月的女子。

「妳現在跟那個姓張的男人交往？對不起，我不知道他的名字。」

我聳聳肩，不知道該怎麼面對這個問題，面對我和張欣銘。

想了一會兒，我只好回答他：「還好。」

「還好？」阿倫一臉困惑。

我轉移話題，說：「我得走了，要幫同事買便當，大家都快餓扁了。」

「好吧，再見。」

「再見。」

我轉身離開了。我多麼希望我可以轉身離開啊，離開那個總是不夠勇敢的自己，離開一顆總是優柔寡斷的心，離開我跟阿倫曾共有的過去，然後毫不顧慮的擁抱我和張欣銘的未來。可是，我竟然還是離不開，並且哪裡也到不了。

展覽結束之後，我恢復上日文課。

因為工作壓力與阿倫的事，加上仍在思考著我和張欣銘與李稚的關係，幾天下來，整個人都變得筋疲力盡。

今天提早下班，我跟張欣銘約在Fnac大門口，準備一起去上日文課。雖然我沒告訴他心裡想的事情，但當他一見到我的時候，立刻就感覺到我的情緒。

「小心喔，憂愁是心靈的癌細胞！好不容易辦完展覽了，還這麼悶悶不樂？怎麼了，身體不舒服？」他關心的問。

我搖頭。我感覺張欣銘知道，我在瞞他。

下課的時候，張欣銘說他肚子餓，請我陪他一同去吃晚餐。

我們搭計程車到桃源街吃牛肉麵。走出店家時，發現外頭下起滂沱大雨。兩個人都沒帶傘，附近也沒見到賣傘的商家，於是只好暫時在騎樓下躲雨。

「妳肯定有心事，而且不只是公事。」張欣銘斬釘截鐵地說。

「怎麼說？」我好奇他怎麼猜測。

「不是我猜的。是那隻落湯狗告訴我的。」張欣銘指著一隻淋雨的狗，說：「牠明明再走兩步就可以躲到妳腳邊躲雨了，可是竟然寧願淋雨。」

「為什麼？」我不解。

「妳的怨氣太重了，連狗都感覺到，不敢靠近妳。」

我噗哧一笑。沒想到張欣銘用這種方式逗我。

「你真的是對每一個人都這麼好，是吧？」我說：

「算了，這問題是白問的。你是個熱心的大好人，當然關心著每個人。」

張欣銘訥訥地想著，皺著眉，偏著頭，然後微笑起來說：

「我是相信即使再壞的人也會有好的一面，所以願意用自己『好』的那個部分去幫忙人，這樣人家也會用『好』的那一面來回應。說起來是很功利的喔，只是想用自己的『好』去交換對方的『好』。」

「一點也不功利。我做了十多年的社工了，還不一定能有你的胸襟。你不該在書店上班的，太可惜了，你應該去花蓮做慈濟義工。」

「我告訴過妳，我總覺得自己有時像個爛好人，而且，我知道有些人會故意利用我這樣的個性來做事情。我不喜歡這種感覺，卻又很難改掉。不過，妳說我對每個人都很好，那可不一定喔。對於有些人，還是會更好一點的。」

張欣銘看著我，我卻有些徬徨。他是在暗示我吧，可是，他最多就只是停留在暗示了。甚且這也許並不是什麼暗示，只是我多想了。

看來短時間，雨勢並不會減小。張欣銘決定去附近看看有沒有7-Eleven賣傘的，要我在這裡等他。我說，雨太大了，不要淋雨，可張欣銘很堅持，還是往雨中衝去。我看著他的身影模糊在雨水中，凝結成一個黑影，然後變成一點，接著便緩緩的消失。

我該如何照亮我和張欣銘之間的盲點呢？把事情攤開來，或許會破壞我和他及李稚的關係，但隱藏著，事情就永遠沒有結果。所以，我應該快刀斬亂麻，等一下當張欣銘回來時，就要問清楚李稚到底是不是喜歡他，他跟李稚究竟存有怎麼樣的關係，以及他對於我的態度。

不久，張欣銘撐著傘回來，身上卻已經淋得一片濕。我躲進他的傘下，兩個人走到寶慶路上準備招計程車，可是來往的車全都是搭載有人的。

我深呼吸，正準備要開口問他時，他忽然說：

「記得以前小學生時，遇到下雨，都會穿雨衣和雨鞋嗎？我喜歡穿雨衣，喜歡跟同學在雨中玩耍，回到家時全身都濕透了，我媽便會很生氣的指責我，說我的雨衣是破洞了嗎？搞成這副德行！」

我笑起來，說：「小時候，每次下雨時，我都喜歡站在陽台的花圃旁，拿著幾個空罐子接雨水，然後，用一支瓢子舀水，分配到幾個不同的碗裡，再把花圃的葉子一片片放進碗中，叫賣著『好吃的豆花喔！』。我很賣力當自己是推著餐車的老闆娘，製作一目了然的menu，還畫出一張清楚明白的表格，載今天賣出多少碗。可是，我媽不領情，不准我這麼做，她常帶著指責的口吻說：『可不可以有更好一點的志向？賣豆花很辛苦，妳懂嗎？』之類的話，久而久之，我便不敢再玩了。因此有一段時間，我看見下雨，總是很憂愁的。」

「好奇怪，小時候總會夢想做一些在大人眼中，實在不怎麼樣的事情。比如有人會想開公車，有人想當火車剪票員。父母親當然希望小孩子會有很好的工作和成就，所以聽到這些普通至極的志願時，通常都很難接受吧。」

「我明白。可是你有沒有想過，那些小時候的志願，或許才是我們底層最純粹的聲音？長大以後的志願，都跟童年的自己脫節了。」

「不過，妳不算完全脫節。妳從小就會做出銷售表格，長大以後，不但沒有忘記，還發揮得淋漓盡致。」

「可惜現在表格填的盡是枯燥的工作內容，而不是幾碗好吃的豆花。」

從下雨談到豆花，我的嘴都開始饞了。我不好意思地說：

「雖然才吃完麵，但剛剛說得我又想吃豆花了。」

「我也是。太晚了，又下這麼大雨，買不到吧。要不，我也想吃。」

「我們去7-Eleven買豆花來吃？」我央求。

「超商賣的豆花，口感不同吧。」

「非常時期嘛。如果你不喜歡，那也沒關係。」

「我可以啊。走吧！」張欣銘爽快的答應。我們走到他剛才去買傘的那間7-Eleven。雨還是很大，我們買了豆花和熱咖啡以後，擠在商店前狹小的屋簷下，邊吃邊躲雨。

「現在心情好了一點嗎？」張欣銘捧著罐裝熱咖啡忽然問我。

原來，他一直惦記著我看來低落的情緒。

我捧著咖啡，看著他，淡淡地笑起來，可是並沒有說話。

張欣銘忽然放下手中的咖啡，轉身跑進7-Eleven裡，我好奇他想做什麼。一會兒，他出來，拿著兩個塑膠袋透明雨衣。張欣銘穿上其中一個，然後把另一個給我，希望我也穿上。我困惑地穿上以後，怎料張欣銘竟一把抓起我的手肘，拉著我衝進雨中。我手足無措地不能反應。

張欣銘開口對我說話，但是，嘩啦嘩啦的雨聲令我聽不清楚。

我搖頭。張欣銘湊到我的耳邊，說：

「我是說，很久，沒有這樣淋雨了吧！」

張欣銘的聲調是高昂而開懷的。我搞不清楚他的用意。雨聲很大，我用力地回答他：「問題是，我並不想淋雨啊！」

他把兩隻手搭在我的肩膀上，說：「妳吃到了小時候愛吃的豆花，我玩到了雨中大戰的遊戲，這樣不是很好嗎？」

張欣銘忽然揮動起雨衣的兩袖，雨水嘩的一聲，全都甩到了我臉上。

我被突如其來的雨水潑得好緊張，甚至覺得有些莫名其妙，可是下一秒鐘，當我看見張欣銘童心未泯的眼神時，就放輕鬆跟著欣喜起來了。我眼前這個穩重的、愛說嚴肅格言的熱心大好人，原來是這麼的好動。

我跟張欣銘玩起來，把身上的雨水也甩到他的臉上。那些揮飛在夜空中的水珠，被便利商店招牌所透出的燈光給照得晶亮，有一種我們正逝去的青春也不能比擬的光澤。兩個人在雨中打起水戰，非常狼狽，但是卻很盡興。

最後，玩累了，兩個人又躲回 7-Eleven 的屋簷下。

「現在心情好了一點嗎？」張欣銘喘著氣，又問了一次。

我看著認真的他，忍俊不住笑起來。

「我曾經看過一本書，一位德國的心理學家說，一個人若是能夠因為想起童年微不足道的往事而突然開心起來，那麼他便是一個比別人更可以承受困頓，並且迎刃而解的人。」張欣銘說。

「微不足道的往事原來存有巨大的力量？」

「那是因為這樣的人，大多是容易知足常樂的，當面對困難時，並不慌亂，困難就會相對渺小了。所以，妳跟我因為童年的豆花和大雨而開心起來，代表我們一定比別人更能夠解決情緒的困境。」張欣銘露出一貫溫暖的笑容，說：

「鳳珊，我不知道妳究竟遇見了什麼事情，可是妳一定能夠解決的。開心點吧！如果有我可以幫忙的，不必客氣告訴我吧。」

「如果還是不開心呢？」我搖搖頭，故意問。

「只好繼續淋雨跟吃豆花了。」

「那肯定開心不起來。因為結果要不是重感冒，要不就是撐死。」

我說完以後，張欣銘樂不可支。

張欣銘不明白，我的困境其實很快就能獲得解答了，只要我現在就開口問他，那些存在於我心的疑問。然而，即使得到答案之後，我知道也無法保證我就能開心起來。

這晚，陷在張欣銘的關懷中，我終究還是沒有勇氣開口。

✸

李稚答應星期日和我一起去育幼院幫忙。

過去，他偶爾會跟我來，不過近來，他的意願愈來愈低。今天，當然也並不是他主動前來的，而是我三催四請以後才終於答應我。

「那些小孩子才不會喜歡看見我。我太冷漠了。」

直至走進育幼院時，李稚還是不大情願。

結果，那些小朋友的記性很好，一看見李稚便直呼李稚哥哥終於來了。他們看見李稚一身新潮流行的打扮，簡直覺得是什麼嘻哈偶像歌手現身，全圍繞著他打轉。最後要離開了，反而是李稚拖拖拉拉的。

我們坐在回市區的巴士上。我對李稚說：

「他們很需要像我們這樣的大姊姊、大哥哥。」

「我明白。可惜我自己的姊姊卻不需要我。」李稚淡淡地說：

「不過，我也不需要她的。」

「你姊姊還是很在乎你。只是她有為難的地方。」

「在乎？為難？只不過是因為她現在的男人不認我，她也就跟著一起踢開這個弟弟了嗎？」

「小時候，她很疼愛你的。我記得有一回，我去你家，你那時正好生病發高燒，奶奶在睡覺，你姊姊就一個人在房間和浴室之間來來回回，幫你更換敷額頭的毛巾，我當時看了印象好深刻，心想，很羨慕這樣的姊弟關係。」

李稚聽了以後，彷彿覺得這是一段與他無關的歷史。他眼神晃了晃，說：

「我不記得了。我現在只記得，她最在乎的是她的先生，所以不希望我去住她家；我只記得，舅舅跟舅媽他們一家人是怎麼對待我的。」

「也許大家都給彼此一些時間吧。」

「我不想勉強他們接受什麼。反正我跟妳和張欣銘住一起，還不錯。」

李稚說完以後，我的心涼了半截。

「鳳珊姊，妳怎麼了?最近老是忽然間悶悶不樂的。」

「李稚，我打算要搬走了。」我回答。

「現在這樣不是很好嗎?張欣銘也希望妳繼續住下來啊。」他驚訝地說。

我噤聲。過了一會兒，深呼吸之後，我開口問他：

「你喜歡張欣銘吧？」

李稚注視著我，表情有些僵。換他沉默，不置可否。

「我想，我的感覺是對的。」我說。

「可是，這跟鳳珊姊妳繼續住下來並沒有關係啊。」李稚壓低音量說。

「傻孩子。怎麼會沒有關係呢?這些日子，我對張欣銘當然也是有感覺的，可是我們兩個人，只有一個人是可能跟張欣銘在一起的。我覺得，在面臨這樣尷尬的關卡之前，現在及時打住是最合適的。所以，我覺得我現在搬走，對三個人都好，以免事情到後來，大家都會受傷。」

「要走也應該是我走。鳳珊姊，張欣銘告訴過我，他是不愛男人的。我選擇喜歡他，怕是一輩子就注定單戀的。你們才有機會並且適合成為戀人。」

我笑著說：「其實張欣銘從來也沒有說她喜歡我。」

「可惡的張欣銘，他不能總是順水推舟下去！」李稚激憤地說：

「老是講一些格言，結果一點主見都沒有，已經讓對方喜歡上他了，卻又這麼不積極。」

「你別生氣了，很多時候，我恐怕比他更不積極。一個大好人也總有缺點的，況且每個人都有別人無法理解的問題。」

「誰說？妳很積極的。要不然怎麼狠心離開交往八年的阿倫。」

我心中知道，我是不夠狠心的。

「前幾天，我遇見阿倫了。他交了一個新的女友。」

「是嗎？應該是臭氣相投的吧？」

「看起來，阿倫倒是為那個女孩子改變許多。」

李稚感覺到我的無奈，大約一時之間不知道該怎麼回應或者安慰我。

巴士轟隆隆的開在山路上，耳朵都耳鳴了。

「張欣銘雖然嘴上不說，但他是喜歡妳的。」李稚終於開口說。

「你真傻。我沒見過這樣的情敵。你應該很高興我要搬走的，這樣你才能獨自擁有喜歡的人。」

「鳳珊姊，妳不是我的情敵。我雖然喜歡張欣銘，可是，妳卻是比我家人還親的大姊姊。如果要我在妳跟張欣銘之間做選擇，我也許會放棄愛情。總之，妳真的不要搬走吧。」

「我若是真跟張欣銘成為情人，我們住在一起，你難道不受傷？」

李稚的頭倚靠在車窗玻璃上，想了想，回答我：

「拜託，我又不是第一次受傷。不會啦，我很猛的，這傷不到我。」

我聽了萬分慚愧。我辦不到如同李稚這般的堅強。

可是，我知道李稚不是真的堅強的。從小到大，他已經受過太多傷，我不該再讓他受傷。張欣銘或許不可能跟他在一起，但若是我和張欣銘沒有成為戀人，一切關係與想像便都還是未曾破碎的，李稚也不會再受傷。

✹

當天晚上，我和李稚回到張欣銘的公寓時，看見坐在客廳沙發上的張欣銘一臉憂愁。李稚奇怪地問他怎麼了。

「老鼠啊，牠們還是沒有好轉，好像愈演愈烈。」張欣銘擔心地說。

「思念真正的主人了吧。」李稚說。

我看著兩隻老鼠，突然有一個念頭。我去陽台把另一個空的鐵籠拿進客廳，然後把其中一隻老鼠取出，放回原來屬於牠的籠子中。

「怎麼了？」張欣銘問。

「如果牠們生病，可能隔離開來會比較好。」我說。

第二天，我們三個人回到家時，進門尚未開燈就聽見兩隻老鼠在籠子裡活蹦亂跳的聲音。打開燈，發現兩隻老鼠居然又恢復活力了。

「什麼嘛，根本就沒有生病。前兩天是裝出來的喔？」李稚說。

「也許牠們並不適合待在同一個地方。」我感傷地說。

李稚聽了，明白我的話中語意。我跟李稚沉默下來。

「你們兩個怎麼了？老鼠沒生病，還這麼憂愁？」張欣銘問。

「欣銘，我，打算近日就要搬走了。」我開口。

張欣銘的臉上寫滿意外，吞吞吐吐地問：「妳，不喜歡這裡？」

「她跟老鼠串通好要一起走。」李稚故意說。「欣銘，這段日子真的要很謝謝你。這裡很好，跟你們相處也很愉快。只是我本來就是要找房子才暫時借住的啊，總不能一直待在這裡，忘記原本應該做的事情。而且，我可是一直霸占著你的房間，害你得睡客廳哩！」

「我是沒有問題的。其實妳真的可以繼續住下來。找房子很辛苦，況且，一個女孩子住在外頭常有安全上的顧慮。」

「放心吧，過去我還不是一個人在外頭租房子？」

「過去有阿倫常去妳那兒啊。」張欣銘說。

我尷尬的一笑而過。我想，張欣銘真的不會有進一步的表示了吧。

「張欣銘，你就這樣？你不會多花一點力氣留下鳳珊姊嗎？」李稚開口問。

我使眼色給李稚，意思是要他暫時別把在巴士上討論的事情攤開來說。

「鳳珊一向很有自己的計畫。如果她真的決定這麼做，我們也不應該妨礙她。當然，鳳珊如果需要任何幫忙，我還是義不容辭的。」張欣銘告訴李稚。

「你真是個熱心的大好人。」我對張欣銘說。

「我不是的。」張欣銘說。

我明白。就像我，從來也不是個有計畫的女人。至少面對愛情和張欣銘，我是無法按部就班地填入計畫流程裡的。

幾天以後，透過神通廣大的曾嫚麗，我找到一個靠近捷運永春站的套房。

這天，我們一起去看房子。繞了一圈以後，曾嫚麗說：

「廚房真小，不好。」

「反正我很少下廚的。」

「房子太大了，不適合妳。」

「不會啊，我覺得空間大一點比較舒服。」

「這個空間需要塞兩個人的，一個人未免太寂寞。」

「喂！妳之前跟我很推薦這間房子的，現在竟然一直嫌它不好？」

「妳何必離開張欣銘呢？」曾嫚麗終於說出心底的話。

「說來話長，總之，我們很難繼續下去的。」

「唉，男人都這麼怪。」

「對了，妳跟總經理還有Jacky發展到什麼情節了？」

「我辭職了。」

「辭職？妳還真的下定決心要主動離開總經理，專情於Jacky囉。」

「我不欣賞那樣的男人。還有，妳那個小弟弟的姊姊真是個麻煩的傢伙，我都已經要離開她老公了，她不知道從哪兒得來我的電話，竟然還打電話給我，要我解釋清楚這一切是怎麼回事。」

「妳解釋了什麼？」

「有什麼好說的？所謂的『這一切』代表什麼？包括我跟她老公如何偷情嗎？我還算有良心啦，不想讓她聽到發瘋，所以什麼都沒說。」

「我聽李稚提過，他姊姊是很重視這段再婚的關係。」

「反正不關我的事了。為了避免她再來騷擾我，我跟Jacky過兩天會去曼谷度假，一段時間才會回來。」

「真好命。」我羨慕地。

「根本是避鋒頭。」曾嫚麗嘟著嘴說。一會兒，她問：

「對了，我們寄放的兩隻老公公鼠，還是放在張欣銘那裡嗎？」

「嗯。前兩天以為牠們生病了，好險現在危機已經解除。」

「等我們從曼谷回來，再跟你們拿老鼠吧。」

「你們要把老鼠接走了？」

「是Jacky說的。他覺得一直把老鼠放在那兒，對張欣銘不大好意思。」

「其實可以把老公公鼠留下的。」

曾嫚麗笑起來：「說得好像妳是那裡的女主人似的。妳不是要搬走了，老鼠在不在那裡也跟妳沒有關係了吧。」

不知道為什麼，聽見老鼠要離開了，我竟有些感傷。

我到底在感傷兩隻老公公鼠，還是感傷我自己呢？

隔天下班後，我跟張欣銘相約去亞力山大健身房。在踩腳踏車的時候，我告訴一旁的張欣銘，我已經找到房子，新租屋的租期從下星期就開始。

「這麼快。」他問：「妳真的，要搬走了？」

「嗯。還好我的東西並不多，搬家不會太辛苦。我打算這兩天去IKEA訂購一些需要用到的家具，搬家那天請他們送過來。」

「我可以幫忙組裝。」

「花三千塊請他們組裝就行了。」

「讓我來就可以。把錢省下來付房租吧。要知道，節省的力量足以聚沙成塔，聚川為海。」

我掛在腳踏車手把上的手機響起鈴聲。我看了來電顯示，是阿倫。

「鳳珊，錢，我今天下午已經匯進妳的戶頭了，請妳明天去看看。」

「謝謝。」

「在忙嗎？」他問。

「我在亞力山大運動。」

「我現在在墾丁，員工旅遊。墾丁變得很多，跟我們以前去的時候很不同。」

員工旅遊就代表女朋友也一起去了。電話掛線以後，我悶悶不樂。

「還好嗎？」張欣銘問。

我強顏歡笑說：「很好。我們繼續騎吧！」

我努力踩踏著，腦海中回想起大學那一年夏天，我跟阿倫同遊墾丁。

在海風的吹拂之中，我們披星戴月，瘋狂的在大馬路上騎乘腳踏車。

那時，總覺得墾丁的馬路好長，彷彿前方是看不見的；是永無盡頭的；更是觸摸不到的。

而此刻，我和張欣銘在亞力山大，努力騎著怎麼樣也不會前進的腳踏車，前方是清清楚楚的了，但卻變成一面冷冰冰的落地窗，框出一抹虛幻的霓虹世界。

第八集

張欣銘

①選擇題的應答者以命題者角度進行揣摩和複習，可將選擇題的命題類型大致整理為「分類型」、「並列型」、和「集合型」。

②統計學家和心理學家，利用出題者與作答者之間的微妙關係，試圖找出訣竅。因此，當面對選擇題的解答時，可採用的方法有（一）淘汰法（二）去同存異法（三）印象認定法。

③以上方法，第一種是當確定一個選項不合題意時，便將注意力移轉到下一個選項，依次加以否定。第二種是根據題意確定一個選擇項為參照項，這個選項應和其他選項有比較明顯的特徵差別。接著，把它拿來跟其他選項比較，先將特徵類似的去掉，保留差別較大的。最後再從剩下的兩個選項進行分析確定。第三種是利用大腦刺激法。每個人對閱讀過的東西，在腦中都有不同的刺激強度，因此那些似曾相識的必定會在腦中最先形成正確選項的印象，有時候自以為「深思熟慮」後而更改的選項，反而是錯誤的。

早上，我剛走進Fnac書店上班時，手機突然響起來。

「欣銘，我問你喔，你覺得去帕達雅住幾晚最高檔的五星級度假飯店吸引你，還是在曼谷的shopping mall擁有一條鑲鑽的白金項鍊吸引你？」

「Jacky？你跟曾嫚麗去曼谷玩，一切都好嗎？」我興奮地說：

「你傳簡訊報平安就好啦，國際漫遊電話很貴的。」

「你既然知道很貴，還拖時間？快點回答我的問題，你會選擇一晚價值萬元的度假飯店，還是總價也需要好幾萬元的項鍊？」

「你打越洋電話回來，就是要我回答這個顯然與我無關的問題？」

「快點，嫚麗現在去上洗手間，她快出來了。我想給她一個驚喜，看是要帶她去大飯店享受一下，還是要送她首飾做紀念。但是你知道的，我的經費有限，只能選擇其中一種。我想了兩天，始終無法做出決定，所以只好打電話問你。你飽讀詩書，一定能做出最佳的選擇。快！我就聽你的！」

「面對女人，你比我擅長一百倍，竟然現在落到要來問我的田地？」

「曾嫚麗跟別的女人不同，我即使再有經驗也會緊張的。」

「你真的很特別。那麼我幫你決定了，有什麼好處？」

「這樣吧，下次你跟高鳳珊若是來曼谷度假，我招待你們做兩次精油SPA。」

「三次。」我討價還價。

「行啦！快點告訴我，你選擇什麼？你覺得曾嫚麗會喜歡什麼？」

「不管我是女人還是男人，我兩個都會想要。」

「不行，只能選一個，除非你借我錢。」

「你不會住稍微經濟一點的度假村，而且不要買最昂貴的項鍊嗎？這樣子，你就不但能帶她享受到帕達雅的熱帶風情，然後還可以在燭光晚餐的時候，為她戴上閃亮的項鍊。有吃有住，還有禮物可拿，誰都會喜歡。」

「喂！你真是不錯喔！這麼沒經驗的你，是從哪本書上學來的吧？」

「有這本書？」

「《我坐在湄南河畔，哭泣》。」我開玩笑。

「即將破產的Jacky所出版的第一部作品。」

「哭泣總比《百年孤寂》好。」他笑著說。

被我揶揄一番的Jacky仍滿足的掛上了電話。

聽高鳳珊說，曾嫚麗找Jacky去曼谷遊玩，事實上是為了躲開李稚姊姊的關切。雖然如此，當我聽見Jacky如此愉悅的語調，而且用心計畫著讓曾嫚麗驚喜的事情時便覺得他此刻還是很幸福的。

我沒有告訴Jacky，高鳳珊要搬離我的公寓，而我們以後也不一定有機會共同出遊。我雖然可以替他做出選擇，可面對自己的問題卻無法如此輕鬆。

高鳳珊真的準備搬走了。雖然，當初本來就說好，她只是暫住一陣子的，等到她安排好了租屋，找到新工作時便會離開。可是，當我聽見她決定真的要搬走時，還是有一股生活中彷彿什麼東西就要不見的感覺。

我開口挽留高鳳珊，但看來她已經做好不會更改的決定。我應該尊重她。況且從另一個角度看來，我應該為她感到高興。她決定重新一個人生活，代表她總算完完全全地從失戀憂愁裡走出來了。

不過，我隱隱覺得高鳳珊忽然堅決地宣布搬走，應該不只如她所言，按照著原定計畫行事而已。難道阿倫又來找她麻煩嗎?或是，高鳳珊不願意說，其實是我做得不夠好?是的，可能就是這樣吧，我肯定是做錯了什麼事情，並且說錯了什麼話。高鳳珊總是先知先覺的，計畫好所有的事情；而我，總是那麼的後知後覺，事情結束了才知道曾經發生在我身上。

週六午後，李稚找我去Starbucks幫他複習英文。

他選修的英語聽講課，下星期的期中考準備測驗CNN新聞英語，老師說，若是低於八十分者，就會被當掉。李稚的英文不大好，緊張起來了，就只好找我這個英文系畢業的幫忙。英文教到一半，他談起高鳳珊決定搬家的事情。

「你真的要讓鳳珊姊走?」他問。

「你說的好像是我趕走她。我也希望她可以繼續住在我那裡，只是，人家這麼決定就是有道理的，我好像沒有資格和理由強求她不能離開吧？她或許想要恢復一個人的獨立生活。」

「你真是完全沒有進入狀況。你究竟明不明白鳳珊姊搬家的原因？」

我看著他，好奇地問：「你知道有其他的原因？」

他愣了一會兒，甩甩手上的筆，吞吞吐吐地說：

「鳳珊姊不希望我說，可是，看你這麼笨，我實在必須告訴你。不是我對你好喔，而是我不說，會很對不起自己。」

「到底是什麼？」

「當然是因為你啊，呆頭鵝！」他翻了一個白眼。

「我就知道，我一定曾經做錯什麼事情，或是說錯什麼話。錯誤的行為和言語是焚燒情感的火種，一發不可收拾。」

「恰恰相反。重點就是你什麼也沒做，什麼也沒說。」他搖頭，說：

「鳳珊姊已經知道我喜歡你，而且她也向我坦承喜歡你了。她選擇搬走的原因是擔心我受傷。再來，她覺得，你對她是一點意思也沒有的。你如果不喜歡她，她靠你太近，當然不是件好事。」

我低下頭，感覺到深深的內疚。

因為我的個性，不知不覺的使得李稚和高鳳珊都受傷了。

李稚從來是敢愛敢恨的，可我知道他內心其實是脆弱的；至於高鳳珊，我一直以為她需要更多時間，去治癒失去了長達八年的戀情。總而言之，我明白要他們兩個人坦白這樣事情，一定是困窘的感受吧。

我沒有再說話，李稚也沉默地埋頭唸書。一會兒，他突然抬起頭來說：

「對了，我準備要去打工。阿力介紹的。」

「做什麼的？」

「在光華商場賣數位相機。」

「為什麼突然要去打工？」

「我一直想買筆記型電腦的啊，總得想辦法存錢吧。每次交作業都要去學校的電腦教室。人好多，排都排不到。」

「其實，我那台可以讓你用。雖然舊了一點，可是打打作業還是行的。反正我現在幾乎都在公司用電腦，回家很少用。」

「好啊，那，就謝囉！」他豪爽地拍拍我的肩膀。

李稚繼續背書，我拿起桌上放著的CD隨身聽聽歌，可是試了好幾次，隨身聽都讀不出CD片來。

「怎麼了？」李稚忍不住問。

「我的隨身聽大罷工。太老舊了，現在挑片挑得很厲害。」我無奈地。

「你的隨身聽比你有原則、有個性多了。」李稚取笑我。

離開Starbucks以後，我們到SOGO樓下的山崎麵包店買糕點回家。站在一排排琳琅滿目的可口麵包前，人彷彿都失去方向感，不知道該選擇哪一個。

李稚忽然說：「看你選麵包就知道你這個人的個性。總之，你如果真的對鳳珊姊有意思，就應該做出選擇人家的決定，而且必須好好的對待她。否則，她真的搬走了，就是不會再回頭囉。」

「我知道。」

「還有，你對人太好了，別人很難抗拒你。可是因為你很被動，對方也不曉得你的態度是什麼。久而久之，便誤以為你是個喜歡搞曖昧態度的人。而且，說自己順水推舟是好聽的說法，其實，說難聽一點，是很沒有擔當的。」

我聽著，不語。此刻，李稚忽然變成一個大人了。他懂的，遠比我想像中來得廣；他包容的、他犧牲的，也遠比我來得多。李稚夾了一個三明治到我的托盤裡，見我沒什麼反應，無奈地笑著說：

「我剛剛說的，其實都是我從你身上得來的經驗了。」

「對不起。」我尷尬地回應。

「喂，跟我對不起什麼，你很無聊耶！」

我勉強擠出一個笑容，手裡正夾起一個芋頭麵包，但想一想，又放回去，換了一個肉鬆麵包夾進托盤裡。

原來，高鳳珊一直等待我做出更主動的追求。

曾經有人說，粗心是一把刀刃，把持它的人，其實才將受到最慘痛的傷害。這句話說得一點也沒有錯。我簡直太愚昧、太粗線條了。

不行！我絕對不能這樣下去。李稚說的很對，這樣下去，我「無心插柳柳成蔭」的強迫症，將會讓自己成為一個沒有擔當的人。

第二天晚上，高鳳珊邀請我跟李稚一起陪她去IKEA挑選新家具。

走進IKEA的時候，李稚在我身後。他拉一拉我的衣角，慎重其事地說：

「張欣銘，你知道你今天來的重責大任是什麼吧？鳳珊姊一旦買成家具，那麼，她不想搬家都不行了。」

我點頭，明白李稚希望我就在今晚，把所有模糊不清的關係釐清。

可是，說真的，我挺緊張的。主動去爭取一件事情，主動希望某一件事情照著心底的想法走，從來不在我的成長經驗範圍之內。

我們走到販售書房用品的區域。高鳳珊打算添購一張新的小書桌。

「這張桌子挺好的，不會占太大的空間。值得買嗎？」

我露出一個奇怪的笑容，不置可否。我其實迫不及待地想發表對這張桌子的意見，但又覺得不妥，最後就凝結成這副詭異的表情。

李稚走到我身後，悻悻然地問：「張欣銘，你變成啞巴了嗎？」

接著，高鳳珊走進寢具用品專區內，正仔細地挑選新床單。

「這個怎麼樣？還有旁邊的床頭燈，應該也要一起買喔？」她問我。

這一次，我終於準備開口表態了。

「妳現在用的那一組床套，其實也是我新買的。當然，如果妳想替換，希望有一種新的感覺也是不錯的。至於床頭燈，用現在那個就行啦。」

「我不能把你的東西帶走。」她笑著。

「不用帶走啊……」

我說得不清不楚的，連自己都聽不大懂。

李稚把我拉到一旁，抱怨道：「拜託，你這樣說，誰知道你的意思？大少爺，你能不能學學我對你的精神？不要拐彎抹角的，行嗎？」

推著手推車，我們繼續跟高鳳珊走進展示各式各樣的衣櫃專區。高鳳珊在樣品前看了看，又開口問我：

「大好人，再給點意見吧。這組衣櫃實用嗎？」

「嗯，」我細細觀察一番，敲了敲書櫃以後，認真地回答她：

「挺結實的喔！可以啦，這個不錯。」

忽然間，我的大腿被李稚用力地擰一下，痛得差點叫出聲來。李稚狠狠地甩給我一個恨鐵不成鋼的表情。我明白了。

我趕緊補充：「不過，妳還是不要買。如果妳真的需要多一個衣櫃，買那種塑膠布搭起來的就好。那個，放進我房間剛剛好。」

「那是因為你的房間空間已經很有限了啊。現在要一個人住，空間變大了，既然要買衣櫃就買大一點的囉。」

我瞄見李稚正盯著我看。我鼓起勇氣，開口對高鳳珊說：

「不是，我的意思是，妳什麼都不要買。」

「可是，我要搬家了，確實需要添購一些新家具。」

「請妳不要搬家。嗯，」我看見一旁的李稚，決定拖他下水：

「李稚跟我，希望妳繼續留在『三明治俱樂部』。」

高鳳珊的眼光轉向李稚。她大概猜想到李稚告訴了我什麼。

「這段日子跟大家相處的確很愉快。可是，我其實真的決定搬家了。」

「我知道妳為什麼要搬家。我一直都誤解一些事情，現在，我只是想告訴妳，其實妳真的不用搬家，因為，我……」

忽地，高鳳珊的手機鈴聲響起。

她接聽手機，偏過頭去，講了一會兒以後轉身看著我。

唉，我好不容易鼓起的勇氣被打斷了，要重新接續下去，實在有點難。

正當我想要繼續說的時候，高鳳珊沉重的神情令我感覺不對勁。

「鳳珊，還好嗎？」我問。

高鳳珊眼神呆滯，沒有反應。

「鳳珊姊，發生什麼事情？」李稚問。

「阿倫，他，發生車禍。醫院打來的，說現在他重度昏迷，狀況……非常、非常不樂觀。」

高鳳珊的語調顫抖著，面無血色。我們在溫馨美滿的IKEA家具店裡面面相覷，一時間，誰都說不出話來。

✷

回到家以後，高鳳珊整個人變得很心神不寧。直到深夜，她都坐立難安，在屋子裡來回踱步。

最後，她終於忍不住告訴我們：

「我應該現在就趕去高雄。」

「現在？太晚了吧，晚上最後一班飛機，已經沒了。」李稚說。

「可以搭夜車。」她心急地說。

「詳細狀況到底是怎麼樣？而且，醫院怎麼會打電話給妳？」李稚問。

「打電話的護士說，阿倫跟同事酒醉駕車，走錯了車道，迎面撞上貨車。救護車趕到時，他們找不到確認身分的證件，最後發現阿倫的手機，試撥了電話簿裡的幾個號碼，剛好只有我的手機是通的，於是才確認了手機的主人。唉，他怎麼這麼不小心？我真的必須現在就趕過去，聽起來，阿倫很危急了！」

「明天搭乘最早的一班飛機過去吧。現在坐夜車，趕到那邊，其實也天亮了。他如果在加護病房，妳也不能一直陪在旁邊啊。至少目前已經確定有醫護人員照顧他，才是最重要的。鳳珊，妳就先休息吧，這樣明天早上才有精神早起趕飛機。如果有什麼我們能幫上忙的地方，請告訴我們。」

我安慰著高鳳珊，替她倒了一杯熱綠茶，然後進浴室替她放了熱水，希望讓她泡個熱水澡，舒緩情緒，平靜下來。這一晚，高鳳珊徹夜未眠，我跟李稚雖然躺著，但因為感染她的情緒，所以也輾轉難眠。

第二天清晨，高鳳珊便準備出門。

「我一起陪妳去吧？」我問她。

「不要緊，我一個人去就行。你放心，我沒有像昨天晚上那麼緊張了。你說的對，我即使昨夜趕去也幫不上什麼忙，因為醫護人員肯定是比我專業的。」

在高鳳珊再三推辭下，我只好放棄陪她一同前往的想法。

我知道，高鳳珊此刻一定非常心煩。近來諸多繁雜的事情接踵而來，如今又不巧發生阿倫車禍的事，可是她始終仍保持著堅強的樣子，更令我感覺難過。

下班以後，原本應該和高鳳珊一起上日文課的，但我今天也不想去了。

正打算一個人去吃晚餐的時候，李稚打電話給我。

「一起吃飯吧？今天公布期中考成績，我的英文考得挺不賴的，老師都嚇了一大跳。」李稚說。

我們約在Neo19裡的「麻布茶房」日式料理餐廳吃晚飯。

「那天在IKEA，很抱歉。我後來想想，實在不該這樣。」我說。

「算了，你大約在鳳珊姊的面前就會神經短路吧。我知道你盡力了。」

「我不是抱歉這件事情。」

「那你是抱歉什麼事？」

「我對你感到很抱歉。」我說。

原本低頭吃飯的李稚忽然抬起頭來，呆呆地注視著我。

「後來我知道，我慌張的原因不完全因為高鳳珊，還有你。你不斷要我向鳳珊表白，可是你也是喜歡我的，不是嗎？我無法在那種狀況下，在面對你們兩個人的時候，做出表白這樣的事情來。為難，使人遺落在孤島，進退兩難。」

李稚安靜的，過了幾秒鐘以後才開口：「我不是說你別管我了嗎？」

「可是……」

李稚打斷我的話，搶話說：「對了，你猜題猜得挺準的。真神奇，那些新聞，我竟然都聽懂了。」

「我只是認為老師會選的新聞一定是最近熱門的話題。好吧，恭喜你闖關成功，今晚這一餐就算我請你了。」我知道他不想再談那個話題。

「好！」

「這麼不害羞就接受了？」我有點意外。

李稚不慌不忙地拿出一個紙袋，酷酷地說：「答謝禮，給你的。」

我打開紙袋，是一個正方形的紙盒子，寫著「iPod」的英文字。英文字旁邊印了一個四方形的白色機器，機器上有一個小螢幕和圓形轉盤。

「這是什麼？」我疑惑地。

「Apple電腦的MP3隨身聽，送你的。你的隨身聽不是壞了？用這個MP3隨身聽，能直接把音樂輸入進去，那麼就不擔心會挑片了。」

我吃驚地說：「這是iPod？你買這個東西，然後要送我？這一台就要一萬多塊錢，你有沒有搞錯？你哪裡來的錢？你是中了樂透彩嗎？」

「我沒有那麼好運。我不是告訴你我去打工了嗎？那裡的老闆還不錯，很信任員工，薪資都是預付當月份的。而且，我本來就存了一點錢，東湊西湊的，買它也不算太困難的事情。」

「你一直想買筆記型電腦的，應該把錢省下來。」

「你已經要借我用你的電腦了，我現在一時不缺電腦。」

「那也不應該亂花錢。我只不過教你一次英文罷了，你竟然買下這麼貴重的禮物要來送我，我沒有資格收下。」

「這不只是教英文的答謝禮，也是我的告別禮。」

「告別禮？什麼意思？」

「謝謝這段時間，我住在你這裡時你所給予的照顧，請你收下。我打算搬回舅舅他們家了。」

我不解地問：「你們怎麼回事？忽然間一起住進來，現在竟然毫無預警的又在同一時間說要搬走？」

「該離開的不是鳳珊姊，應該是我。既然我跟你是不可能的，而你跟鳳珊姊卻是可能成為幸福的情侶，那麼為什麼要錯過呢？我想，如果我離開了，鳳珊姊大概比較願意繼續留下來。她擔心的就是同在一個屋簷下，我會吃醋和難過。所以，請你收下這份雙重意義的禮物，我決定搬走。不過我希望你能回禮給我。」

「你想要什麼？」

「請你做出選擇鳳珊姊的決定並且讓她知道。想辦法留下她，可以嗎？」

「我從來沒有見過像你這樣寬待情敵的。」我說。

李稚聽了，忽然沉默不語，若有所思。這句話令他有什麼感觸嗎？

「怎麼了？」我問。

他搖搖頭，回答：「沒事。我跟鳳珊姊不是情敵。」

「我收下你的禮物，但是我的那台筆記型電腦，你也得收下。」我說。

「我李稚從來不接受要脅的。」

他笑著，恢復了慣有的，高傲不馴的神情。

✸

10GB容量iPod MP3播放機，可輸入專輯約兩百張，歌曲約兩千首。進入「播放列表」：可選擇最愛歌曲、最常／最少點播歌曲和新輸入單曲。進入「瀏覽」：可選擇演唱者、曲目名稱、專輯、作曲者、或是曲風類型等任一項目，以依序或亂序播放歌曲。進入「附加功能」：可選擇通訊錄和行事曆提醒功能。

人生其實跟iPod一樣，從來不知道亂序播放的下一首歌曲是什麼；從來沒有唯一的選擇與答案。

第二天，當我下班去亞力山大運動時，高鳳珊撥我的手機告訴我，她回到了台北。她約我在Subway吃三明治。我抵達時，她還站在門外。

我關心阿倫的狀況，急急追問她，怎料她給了我一個想也沒想到的答案。

「醫生搶救無效，過世了。」她淡淡地說。

我的心頓時沉下來。我雖然與阿倫毫無交情，但他是高鳳珊的前男友，因此多少也覺得是與我有關的。我保持沉默，高鳳珊則繼續說：

「不過，死的不是阿倫，是阿倫的同事。」

「啊？」我睜大眼睛。

「阿倫那天晚上根本沒坐在車子裡。他跟同事去高雄開會，同事臨時與人有應酬，需要手機連絡事情，可是他忘了帶，只好向阿倫借。結果回飯店的路上，他酒醉駕車發生了車禍。醫護人員於是拿了阿倫的手機撥電話給我，告訴我手機主人發生事情，所以，我就以為真的是阿倫了。」

「有這種烏龍的事件。」

「烏龍的不只是這個。當我掛著淚水，緊張地衝進醫院，找不到阿倫的入院資料時，一轉身竟然看見阿倫遠遠站在大廳外的長廊。」

「天啊，妳肯定氣炸了！」

「我沒有。我當場嚇了一大跳，以為鬼魂也能在白天顯靈。」

高鳳珊說完，無奈地笑起來，繼續說：

「我正慢慢走向他的時候，他的女朋友出現了，兩個人擁吻起來。」

「他的同事過世了，還有心情？」

「小倆口歡慶沒有踏上死亡之旅吧。後來，我們還是碰到面了。阿倫驚訝地問我怎麼會出現在這裡，我尷尬地解釋，他竟然笑出來，說我想太多。」

「算了。或許我們該慶幸阿倫一切平安吧。」

「我也是這麼安慰自己的。不過，當我一個人離開醫院時，想到他們倆個一定正在我身後談論我的時候，突然覺得自己真像個白癡。我竟然為他難過了一整天，而他知道以後卻笑出來。我最傷心的時候，他大概正跟女朋友快活。不過，這個結果也不能怪別人，是我自己選擇還要對他這麼關心的。」

高鳳珊情緒變得沮喪，我看了有些難過，安慰她：

「別這麼說。每個人都擁有一把無形的尺，所付出對於別人的關心，都將刻畫在這把尺上面，度量我們靈魂的豐厚程度。所以，這件事情至少證明妳是一個有感情的人，應該為自己感到驕傲。」

「可惜我的那把尺，被阿倫拿去度量新戀情的長度了。」

我們走進Subway店裡點餐。櫃台內的服務生問我們分別要什麼樣的麵包，搭配哪些蔬菜以及不使用哪些醬料。由於多了許多新的三明治搭配方式，我跟高鳳珊一時之間真不知道該如何決定。

「建議先生小姐可以大膽試試看，我們的口味基本上都挺好的，可是如果不喜歡的話，下次換一種就可以了。」服務生微笑著說。

「就炭烤凱薩雞肉這組吧，醬料跟配料都來一點。」高鳳珊說。

「我也是。」我告訴服務生。

高鳳珊對我說：「我想，我現在好過一點了。畢竟連吃個三明治，都必須承擔各種選擇後的風險，何況是選擇要不要對前任男朋友付出關心呢？」

我們選了一個靠落地窗的位子坐下。

「只是，吃三明治可以換另一種口味，但有些選擇和結果恐怕決定了以後，就無法再重來一次。」

我隨口說出，卻發覺這幾乎是說給自己聽的自白告解。我凝視著高鳳珊，從她的眼神裡似乎也感覺到她聽出了言外之意。

「鳳珊，請妳慎重考慮搬家的決定，選擇住下來。」我打破沉默，吞吞吐吐地告訴她：「因為，我覺得，我們兩個還挺合適的，很可以繼續發展，嗯，交往下去……妳懂得我的意思嗎？」

我的天啊，這難道就是我能表達的最高限度嗎？

高鳳珊手中拿的三明治，停在半空中。

「所以，李稚就決定搶先我一步離開？」她問。

「妳知道了？」

「他今天告訴我了。欣銘，坦白說，我不希望這樣子。其實整件事情發展到現在，漸漸夾帶出一種奇怪的感覺，我說不出來。當然這種我所謂的奇怪的感覺，絕對不是你們製造出來的。我也喜歡你，也希望繼續住在一起，可是，好像最恰當的那個點，不巧錯過了，而現在，我們三個人都知道了更多複雜的情緒和關係，彷彿就很難再回頭去尋找那個點了。我知道你們兩個人的好意，可是我夾在其中，不喜歡經由妥協後的結果，也不想讓你們任何一個人受傷，即使會受傷也必須選一個程度最低的決定。我的個性就是這樣子了。」

「對不起，是我讓那個點錯過的。我總是後知後覺。」我沮喪地說。

「我也讓那個點錯過了。剛開始，我沒辦法脫離失戀的狀態，後來又陷入只去思考而不會付諸行動的空想中。而且，發生阿倫車禍的烏龍事件以後，我覺得自己的心，大概又需要一段時間來清場了。」

「沒關係，我明白。」我點點頭。

我們兩個沒有再說話，安安靜靜的把三明治給吃完。

我明白高鳳珊所說的那種奇怪的感覺。那的確不是我們任何一個人所製造出來的。當我們主動掌控選擇權時，或許不一定能隨心所欲，但怎麼說都仍是自己的決定。然而，倘若當我們錯過選擇點，命運中便會有一種神祕的力量，以亂序選取的方式替我們挑選答案。我們幾乎是沒有反駁的餘地的，因為是我們自己放棄掉選擇的最佳時機。

回家時，高鳳珊先上樓，我彎去街角的 7-Eleven 買飲料。

走出店門口的時候，有一個女人從身後喚住我。

我轉身，驚訝地看著，問：「妳怎麼在這裡？妳回來了？」

她是我的母親。她染燙了一頭紅色頭髮，妝畫得很濃，完全像個外國人。

我跟母親很久沒有聯絡了。自從父親肝癌過世，爺爺奶奶幾年內相繼去世，接著，大伯和二伯兩家人也搬走以後，母親就帶我離開了石牌老家。

我唸大學的時候，母親認識了一個在美國做貿易的華裔男人，兩人因為工作而培養出深厚的感情，最後決定跟他結婚，搬去紐約定居。母親的妹妹也就是我的阿姨，早幾年就移民紐約，母親過去以後，她們姊妹兩人相互照應，這幾年在中國城開了間餐館，忙得不可開交，很少回到台灣來，甚至很少跟我聯絡。有一回母親好不容易回來，發現她整個人都變了。去了美國以後，她變得很洋派、很開放也很精明，昔日那個總被父親騙得團團轉的母親已經消失了。

母親兩手一攤，眉毛上挑，笑著說：

「我只記得你住在那棟公寓裡，可是竟然忘記是哪層樓。唉，年紀真是大了。我不敢亂按門鈴，只好在附近晃晃，沒想到恰好碰到你。我臨時回來，是有些重要的事情要跟你說一下。」

「什麼事，需要大費周章回台北？」

「我接下來要說的話，一定是不中聽的。」

「我不會跟你去紐約的。」

「不愧是我的兒子，知道我要說什麼。我確實是希望你跟我回去的。」

「我如果想過去，前幾年不就會去了嗎？我就是不想去那裡，不想移民。我在台北很好，沒有什麼缺乏的，也養得活自己。」

「你不缺，我跟你阿姨缺！我們館子開了兩間分店，很需要人手幫忙，但是我不想請不熟的人，只有你，我跟你阿姨才能信任。再說，九一一事件之後，生意狀況變得很糟，錢投注在裡面都回不了本，所以也是需要一筆錢的。」

「你們需要向我借錢週轉？」

「拜託，怎麼會向你借錢？以前我們生意好的時候，一個禮拜賺的錢恐怕就抵掉你一個月薪水了。你阿姨的意思是你來紐約，然後賣掉台北這棟房子。」

「不能賣掉這裡的房子，我在這裡住得好好的。」

「這房子不是你的、也不是我的呀，它是你阿姨的。她如果要賣掉，我們哪裡有什麼資格反對呢？」

我沉默不語。是的，如果阿姨真要賣掉房子，我是沒有理由拒絕的。

「我會另外租房子，不會去紐約的。」

「拜託，乖兒子，你幫幫媽媽的忙行不行？你就算是聊表孝心吧，可不要跟你爸爸一樣無情無義的喔。」

母親從包包裡拿出一個資料紙袋，交給我。

「這是什麼？」我邊打開邊問她。

「你姨丈那個美國人是在移民局工作的，地位不小。他告訴我們，只要你願意，他會幫你順利申請居留證的。公民證是不大可能這麼快有，不過，現在要能拿到居留證也不簡單了。」

母親給了我飯店的電話和地址，說若是我決定了，就去找她。

我一個人走在回公寓的路上，情緒跌到谷底。

真沒有想到會有這樣的結果。我竟然也要離開這間屋子了。

✸

高鳳珊新租的房子這幾天就正式開始租期了，她原來這兩天就打算搬遷，我請她延後到非工作日的週末再搬，這樣我跟李稚才可以幫得上忙。

母親請我思考的事情，令我的思緒陷入一片膠著。我自己都無法解決的，當然也沒有告訴李稚和高鳳珊。

這天傍晚，我提早下班，接到高鳳珊的來電。

「你今天會準時下班嗎？」她問。

「我剛剛外出開會完，不用再回辦公室，算是提早下班了。」

「那麼要不要去亞力山大運動？」

我想了一會兒，問：「去延吉街吃KIKI餐廳好嗎？」

「怎麼突然想吃川菜？會辣到流汗的喔！」

「流汗也能達到運動的效果嘛。」

「找李稚一起來？」

「好的。」

「我現在就打電話訂位。如果你們沒事，就提早去吧，我下班到了那裡大約也要將近七點鐘了。」

「沒問題。」

我掛線以後，打電話給李稚。鈴聲響了一會兒，快要轉進語音信箱前，李稚接了手機。手機那一頭很吵雜，他氣喘呼呼地應聲。

「你不是正在做什麼尷尬的事情吧？」我開玩笑問。

「跟誰做啊？我在光華商場打工呀，今天下午沒課，就過來了。」

「鳳珊跟我想要約你晚上去吃KIKI，可是看來你得上班吧？」

「吃KIKI？我半小時後就可以下班了。」

「七點以前，我們餐廳見。」

「好。」他停了一會兒，又說：「對了，你從來沒看過我上班的地方，要不要過來看一看？然後，我們再一起過去。反正是順路的。」

我答應了李稚。李稚工作的地方夾在光華商場的電腦商舖裡，很狹窄，人潮又多，我一看便知這樣的工作環境，能給一個大學工讀生的時薪，肯定少之又少。我想到他預支薪水買iPod送我，便覺得他很不應該這麼做。

李稚看見我，酷酷的臉上綻放笑容。

「嘿，你來了？等我一下，我去換下制服就可以離開了。」

離開李稚的公司，我們走在光華商場的走道上。

「你在這裡打工，想要賺到一台筆記型電腦的錢是很難的。那個iPod就算是我跟你買的吧，我現在就去領錢給你。」

「你反悔了？你答應我收下禮物的。我已經在用你的電腦了，現在打工的錢只是當作零用錢罷了。」李稚生氣地說。

「我可能是個挺老舊的人，習慣放CD片聽音樂。MP3這種高科技的東西，我用了幾天，覺得不適應。不然就算是我暫時跟你租借的吧，你搬回舅舅家的時候，記得一併帶走。你們年輕人比較適合用它。」

「你真夠狠心的。雖然為了成全你跟鳳珊姊，我願意離開你家，可是你竟然完全不挽留我一下？

你做做樣子也好啊？而且，你這幾天為什麼都不再努力挽留鳳珊姊了？」

我沉默著，不知道該如何向李稚解釋我母親和阿姨的事情。

突然，有人從經過的某間電腦商舖裡喚了李稚的名字。李稚回頭，看見那個喚住他的人以後，臉色變得很難看。我沒有看清楚他是誰。

「我們快走吧。」李稚對我說。

「發生什麼事？」

「別問了，他認錯人了，快走吧。」

那人衝出商舖，追趕上來，我回頭，他與我對視。

他很面熟，但是我想不起他是誰。他放慢腳步接近我們。

「嗯，你好。記得我嗎？林日新，有一次在東區的電腦商場，你們兩個來詢問筆記型電腦。有沒有？隨插即用的？我是那裡的 sales 。」

「喔，我想起來了。」

「來這裡看電腦？到現在還沒有買嗎？」林日新問。

李稚不搭理他。怎麼回事？上次，李稚不是對他很熱情的嗎？

我只好開口說：「暫時還沒有。他在這裡打工。」

「是嗎？我男朋友也在這裡打工。吶，就是他。」

林日新身旁站著一個清秀的男孩子，大約跟李稚差不多的年紀。我瞥見李稚用一種很不屑的眼神，瞪了那個男孩子一眼。

李稚把我拉出光華商場，心情變得很壞。

「人家還沒有講完話，你這樣會不會太沒有禮貌了？」我說。

「上回不曉得是誰告訴我，不要跟這種油嘴滑舌的業務員打交道的。」

「上次也不曉得是誰，很堅持他彬彬有禮的。」我故意說。

李稚生悶氣，噤聲不語。

我們到了KIKI餐廳不久以後，高鳳珊也抵達了。

當美味的第一道佳肴「老皮嫩肉」上桌時，高鳳珊開心地拍拍手叫好，我注意到李稚的臉上也終於重現笑容。我大概想到「三明治俱樂部」即將告終，而說不定我真的最後得跟母親去紐約時，便感覺今晚的聚餐有些令人哀愁。

於是，雖然只有三個人，我卻肆無忌憚地點了好多菜。

「吃得完嗎？」高鳳珊跟李稚異口同聲問我。

「可以啦！」

說完以後，我又加點一道很下飯的「蒼蠅頭」和沁涼的烏梅汁。

「星期六，就要麻煩兩位幫忙搬家了，謝謝喔。」高鳳珊說。

「鳳珊姊，妳真的不要搬走，我已經決定搬回舅舅家了。」李稚說。

「跟你沒有關係的。我是真的打算重新過起一個人的生活的。這部分，我已經跟欣銘討論過了，他可以體諒。倒是你，如果並不想回舅舅家，不如還是先住在欣銘那裡。」

「可是，你們兩個……」

高鳳珊打斷李稚的話，說：「就是這樣囉，我們就是這樣囉。」

原來和樂的感覺一時之間又沉了下來。高鳳珊試圖改變氣氛：

「星期五，搬家前夕，我們在家煮火鍋吃吧？當作給我的餞別？」

「好啊！一定要有茼蒿菜，還有芋頭喔！」李稚興奮地。

「我一定要吃粉絲，還有魚丸。」高鳳珊應和著。

「張欣銘，你結冰啦？怎麼都不說話？你想吃什麼？」李稚問。

我在旁邊聽著他們討論著誰該搬家，討論著搬家前夕的圍爐，覺得過去的那段同居的時光，真的是生命當中很難得的體驗。

「張欣銘！」李稚的臉湊到我面前，說：「你腦子不會是辣壞了吧？我們問你，星期五火鍋想吃什麼？我們要去超市採買。」

「喔，蛋餃。我要吃蛋餃。」

「蛋餃？哼，小孩子才愛吃的。」自己才是小孩子的李稚說道。

「搞不好蛋餃就是使人成為熱心大好人的祕方。」高鳳珊笑著說。

我從複雜的情緒裡回神，偏著頭，微微地笑起來。

昏暗的燈光打在高鳳珊和李稚兩人的臉龐上，雖然閃動著離別的感傷，此時此刻卻也釋放了幸福的光澤。我忍不住又替他們斟了一些烏梅汁。

第九集

李稚

①【台北訊】由於年輕人講求自我風格，符合這個潮流所開發的產品也愈來愈多，並且受到廣大消費者的歡迎。以自己的模樣所打造的陶土公仔娃娃，是這一波產品當中最受到矚目的。

②來到陶土公仔店舖中，可以看見所有陳列在牆壁上的產品，如陶土的鑰匙圈、手機掛牌、人像或相片座，全是老闆純手工製作的，而Hand Made正是這間店裡所標榜的。

③在這裡，你可以「訂做一個自己」，當然，你也可以「訂做一個他／她」，將小倆口的甜蜜相片交給老闆，把無形的記憶變成立體的人形，站在書桌或窗台，見證彼此永誌不渝的戀情。

原本打算在鳳珊姊搬家的前夕，大家以火鍋Party做為離別晚宴的，可是張欣銘的公司突然決定舉辦一項活動，前置作業搞得他天翻地覆的，以至於這一晚他得加班，無法回來共進晚餐。最後，鳳珊姊決定將火鍋Party改成喬遷晚宴，等到搬家之後，邀請我們到她的新家開伙慶祝。

這天晚上，我和鳳珊姊突然變得無事可做了。請假在家整理東西的鳳珊姊，已經把東西打包好了，她打電話約我下班以後去肥前屋吃鰻魚飯。

我們兩個人似乎被那天在KIKI餐廳裡的張欣銘給附身了，從鰻魚飯、烘蛋、炒野菜到各式各樣的燒烤，全部一網打盡。

「我們這樣是為了氣張欣銘嗎？」鳳珊姊問。

「是啊，飯桌上這麼令人食指大動的食物，飯桌前這麼秀色可餐的我們，張欣銘竟然待在公司開會？可憐！」我咬下一口烤花枝，滿足地說道。

其實，我們怎麼捨得氣張欣銘呢？我們的生氣全是遺憾換來的。

飯吃到一半，鳳珊姊對我說：「李稚，我現在確定是要搬走了，所以你還是待在欣銘那裡吧，不要搬回舅舅家了。你根本不喜歡他們。」

「不如妳新租的公寓給我住，然後妳就繼續待在張欣銘家囉。」

「你哪裡有錢負擔房租呢？我說過了，現階段我不要跟欣銘繼續住在一起，應該是會比較好的選擇。我已經決定了，就不會回頭更改。」

「我想，我暫時別跟張欣銘住在一起，也是比較好的選擇吧。他有可能愛上妳，但是絕對不會愛上我的。我待在他家，說不定會給彼此壓力喔。」

鳳珊姊沉默地看著我，然後突然笑起來。我看著，也跟著笑。

「你想的事情，跟我想的一樣嗎？」鳳珊姊問。

「妳是不是覺得，張欣銘怎麼忽然從一個炙手可熱的人，變成讓我們兩個避之唯恐不及？」我說。

鳳珊姊笑著不語，點點頭。

我們當然不是真的避之唯恐不及的。事實上，我們都是很想親近張欣銘的，但卻又害怕讓三個人此刻所維持的良好關係永遠失衡。

在張欣銘和鳳珊姊的面前，我總是表現出很堅強的樣子。我試圖湊合他們，甚至想辦法幫忙張欣銘，可是，我畢竟也是人，怎麼可能不難過呢？雖然如此，我還是選擇這麼做了。我很難確切形容這種感覺，大概就是我很鍾愛購物中心櫥窗裡的某件衣服，可是卻沒有錢買下它，於是當一個有能力買下它，並且還合適穿它的人出現時，我既然沒有資格霸占著，就只好轉而鼓勵對方買了。一個人擁有，總比兩個人失落來得好。

吃完飯，我們回張欣銘的公寓時，看見一個染了紅色頭髮的女人在樓下大門外徘徊著，她的表情有些怪異，好像在尋找什麼似的。

「對不起，請問一下，」她見到我們正要進公寓時，走過來問：

「你們知不知道，有一個鄰居，他叫做張欣銘。一個大約不到三十歲的男人，頭髮短短的，然後戴著一副眼鏡，嗯，有時候看起來呆呆的？」

我跟鳳珊姊對視，滿臉困惑。

「我們住在一起的。請問您是……」鳳珊姊問。

「啊？我，我是她母親。」

「啊？」我驚訝地。

我們請張媽媽上樓休息。鳳珊姊告訴她，張欣銘正在加班，不久以後應該就會回來了。張媽媽說沒關係，然後她就一個人充滿好奇地四處張望，在客廳裡東翻西找，觀察張欣銘的日常生活。接著，她開始檢查廚房用品，把一些沒有理好的鍋碗瓢盆重新擺放一次，最後竟然打掃起廁所來。

「張媽媽，您可以休息一下，這些讓我們來就行了。」鳳珊姊說。

蹲在地上刷地板的張媽媽抬頭看鳳珊姊，詭異地笑起來：

「欣銘不會連結婚都沒告訴我吧？妳，是他老婆？」

鳳珊姊還來不及反駁，張媽媽就站起身子來，仔細打量著鳳珊姊。

「難怪欣銘不願意去美國。原來他喜歡妳這樣的女孩子。不錯不錯，有一點日本人的味道喔。欣銘不喜歡美國女人也是對的啦，那裡的女孩子大多是虎背熊腰的，胸部大得跟保齡球一樣，我們中國人還是不太習慣的。像妳這樣很恰當，老了不會變成布袋奶。」鳳珊姊尷尬地低頭瞄了一眼自己的胸部，而我替張媽媽倒了一杯熱茶，站在旁邊，不知道現在該怎麼辦。

「張媽媽，我不是欣銘的老婆，也不是他的女朋友。」

鳳珊姊把為什麼我們住在這裡的前因後果，告訴了張媽媽。張媽媽有些困窘地傻笑著，最後只好再蹲下來繼續洗刷廁所。

張欣銘回來時，看見我跟鳳珊姊的表情時，奇怪地問：

「你們怎麼啦？為什麼看起來這麼怪異？」

我們尚未回答，張媽媽就從浴室裡探出頭來。她伸出滿是泡沫的雙手向張欣銘打招呼。張欣銘驚愕地看著，大感意外地問她：

「妳怎麼會出現在這裡？妳在做什麼？」

「洗廁所啊！難道你以為我在這裡打麻將？我今天有急事要跟你講，結果發現把你留給我的手機號碼給搞丟了，而且上次還是忘記問你住在哪一棟第幾樓。我本來在樓下等你，沒想到碰見他們，一問之下，竟然是跟你住在一起的。世界上有這麼巧合的事情。」

「我知道妳今天來的目的。我還沒有想好那件事。」張欣銘說。

「不用想啦，我就是來告訴你答案的。你現在沒得選擇了，因為你阿姨前天打電話給我，說她認識一個信義房屋的主管，已經託她處理這間房子了。我今天去跟那位主管碰面處理後續事宜，發現她還挺呼風喚雨的，才兩天的時間就找到買主。所以，我跟你講的急事就是兩個星期以後，房子就得轉手。」

張欣銘聽了以後，愣在一旁。一會兒，他有些氣憤地說：

「為什麼不先通知我一聲呢？莽撞？莽撞是人格中的惡性腫瘤。」

「這有什麼莽撞？不是所有人都辦得到的。本來我挺擔心怎麼幫你阿姨在這麼短的時間賣掉房子，還好她神通廣大，跨海遙控處理好了。你應該要替我謝謝阿姨，要不然你媽媽的年紀這麼大，多年不在台灣，根本搞不清楚這裡怎麼交易房子。說不定等我賣掉房子，人也累倒了。」

「總而言之，妳就是想盡辦法要我跟妳去美國。」張欣銘無奈地。

「欣銘，你要開心一點，可以跟媽媽團圓是件好事。你想想看，我年紀愈來愈大，身體愈來愈不好，還要開餐廳做生意，你應該要陪在我身邊照顧我、幫忙我的嘛。你也知道，以前你爸爸是怎麼欺負我的，你不會也想跟你老爸一樣棄我於不顧吧？」

「媽，妳不要這麼說。我不可能像爸爸那樣騙人的。」

「我知道你不會的。你一向都很替人著想的，不是嗎？這次也就再替我跟你阿姨著想一回吧。」

我跟鳳珊姊都不知道究竟發生了什麼事情，只能從張欣銘和他母親的對話中，拼湊出一個推測。那就是這間房子似乎要被賣掉了，而張媽媽希望張欣銘能夠跟她一起去美國。

張媽媽離開以後，張欣銘的情緒變得好低落。

「所以，你們大概都知道了吧。這房子是我阿姨的，她現在打算賣掉，而且趁這個機會，她們希望我可以去紐約定居，幫忙她們的餐館做生意。」

「好突然的發展啊。」鳳珊姊說。

「張媽媽還真會選時間。這下子，我跟鳳珊姊也不用互相勸說誰該留下來住了，因為看來真正必須走的人變成了你。」我說。

「其實我也可以不跟我媽走的，另外再找間房子租就行了。」

「可是張媽媽說得似乎也沒錯。我覺得，她真的很希望你可以照顧她、幫忙她。老人家總是想念自己的孩子，台灣離紐約實在太遠了。」鳳珊姊說。

「你們都覺得我應該跟她回去？」

我跟鳳珊姊無法回答這個問題。我猜想，我們雖然打算不與張欣銘同居了，但是也不希望他離開台灣吧。如果他去美國，我們要見面可是難上加難的。

✸

鳳珊姊終於在這個星期六搬家了。

張欣銘跟同事借了小型休旅車，三個人分工合作將大包小包的東西抬上車子，而我們也有幸看見張欣銘發揮難得一見的駕駛功力。

抵達鳳珊姊的新家不久以後，IKEA也準時將家具送來。雖然已經支付過組裝的費用，好心的張欣銘還是不忍見員工一個人汗流浹背地完成所有工作，主動加入幫忙的行列。我跟鳳珊姊最後也跟著幫忙組裝。

沒有多久，所有的家具便組裝完成了。

「三個人住真好，很多事情都事半功倍了。」IKEA的員工隨口說。

我們三個人忽然變得有些感傷，不發一語。

「對不起，我是不是說錯什麼了？」

「沒有。你說得太好了。」

張欣銘說，可是對方卻聽得一頭霧水。

新家具組裝好了，鳳珊姊把一些必須馬上用到的東西整理出來，不過還是有好幾個大紙箱的東西堆放著，仍然很凌亂，恐怕需要好一段時間才能整理好。

「謝謝二位的鼎力相助。」鳳珊姊說。

「一起吃晚飯吧？」張欣銘邀約。我點頭同意。

「選日不如撞日，我們今天來吃火鍋吧？」鳳珊姊提議。

「這附近有涮涮鍋嗎？」我問。

鳳珊姊從一個紙箱裡拿出電磁爐和鍋子，說：

「吃火鍋當然要在家裡自己料理，才有意思啊！」

「在這裡？」

我跟張欣銘異口同聲，環顧四周。原來有些猶豫的，可是看見鳳珊姊興奮的模樣，最終我跟張欣銘也欣然答應了。

鳳珊姊留在家裡整理東西，為我們騰出一個享受火鍋大餐的空間，而我跟張欣銘則去附近的超級市場購買火鍋食材。那天，我們在KIKI餐廳裡提到的火鍋料，當然是一定要買的，此外，還準備了美味的飲料和豐盛的甜點搭配。

鳳珊姊把火鍋放在新買來的折疊木桌上。我們圍爐，在熱騰騰的霧氣中看著彼此模糊的臉龐。沒想到當我們的關係不再模糊以後，卻是要面臨分離了。

「鳳珊，恭喜妳，妳的新生活就要展開了。」張欣銘說。

「其實，你的新生活也等在前方。」

「老實說，我現在真的挺徬徨的，不知道該怎麼辦。」

「美國這麼危險，一天到晚恐怖分子都要打他們，你應該反過頭來勸你媽媽跟阿姨回來台北的。台北多麼安全，恐怖分子都看不上眼的。」我說。

「好啦！大家別這麼憂愁。今天是我的喬遷之喜耶，你們應該開開心心替我慶祝啊。而且，如果欣銘真的要離開了，日後要相聚吃火鍋，可不是這麼容易的喔！今天就把憂愁當作蛋餃，一口氣吃光吧！」鳳珊姊鼓舞大家。

「張欣銘最愛的蛋餃被『扶正』了，沒想到擔任起如此的重責大任！」

我糗張欣銘，不知道是否因為火鍋的熱氣烘著他的雙頰，他竟忽然臉紅。我吃下一個他最愛的蛋餃，偷偷看著他，此刻覺得蛋餃的味道變得好苦澀。

離開鳳珊姊的家，我和張欣銘走去捷運站。

捷運站入口，有一個外國人正背著吉他在街頭賣藝。他嘴裡唱的是一首老歌「New York, New York」。他的聲音渾厚，表情自然，唱得非常好，許多人都特地佇足欣賞。我跟張欣銘也停下腳步觀看。

他唱完以後，圍觀的人不好意思表達稱讚，只有熱心的張欣銘拍手叫好。全部的人都轉向看他，張欣銘不窘迫，我倒覺得尷尬了。張欣銘掏出錢來，趨前向那位外國人致意。他走回來，我佩服地對他說：

「你連對陌生人都這麼好。」

「你說到我的痛處了。我連對一個只唱著『New York, New York』的陌生人都這麼好，卻竟然不想幫忙住在紐約的母親。」

「從你的口氣聽起來，我想你大概會去紐約了。」

張欣銘聳聳肩，不知道該說什麼。我很少見到他陷入這般沉思的徬徨裡。

「也許我該跟鳳珊一樣，真空一段時間，才能好好思索『自己的問題』，然後想一想接下來該怎麼面對生活。」他意有所指地說。

自己的問題。張欣銘要思索什麼問題呢?我心中的問句,終究沒有說出口。

其實我可以猜想得到,張欣銘此刻面臨的問題是什麼。

這問題不該只是他與鳳珊姊的,也是他和我的。或者更精準地說,的確是他「自己的問題」。即將離開我們的他,心中一直逃避的問題,終於回過頭來找他了。他面臨思考的是他可以選擇一個女人,一個男人,或者兩者都能夠接受。

從我第一次遇見他的那個大雨的夜裡,我早就知道,他逃不開這個問題。

✸

那個週五的夜裡,我遇見張欣銘。這天,雨下得非常大,我沒有帶傘,正站在西門町錢櫃KTV的騎樓裡。最後,我想雨恐怕暫時是不會停的了,只好冒雨離開。正當我走進大雨裡時,突然,有一個男人拿著一把傘靠近我。

他為什麼要來幫我呢?他一定是對我有意思吧?

我回頭看他,眼前的他是散發出一股鄰家大哥哥的氣質。我從來沒有這種感覺,看見一個人,就覺得他令我十分安心,想要繼續親近他。我躲進他的傘下。傘太小了,兩個人靠得特別近。

「我叫李稚。」

坦白說,我有點緊張。在今天以前,從來還沒有一個男人主動搭訕我。如果對方是對我有意思的，我應該先自我介紹吧。他好像失神似的看著我。一會兒，我只好打破沉默，問他：「你要去哪裡？」

「肚子有點餓，想去吃永和豆漿。」

他的回答令我差點失笑。

「這麼巧，我家就住永和。一起過去嗎？」我邀約。

吃完永和豆漿，我們又去Champagne喝酒。我沉默著，看他下一步準備找我做什麼，可是，他是一個很奇怪的人，向我搭訕了，卻始終沒有進一步動作。難道他認識我，只是想吃吃東西、喝喝酒嗎？終於，我無法忍受了。我覺得很無聊，站起身子往外頭走。我走進大雨中，他追上來，我以為他要帶我去他家了，沒想到他竟然開口問我家住哪裡？還想打電話叫我爸爸來接我。我一氣之下便故意說：「不用了，我爸今天被亂刀砍死了。」

沒錯。我父親因為債台高築而被黑道追殺身亡，不過，這件事並不是發生在今天，而是小時候。我父母早就因為離婚而離開我們，我自小便跟姊姊住在外婆家。當我好不容易得到父親的消息時，才知道他發生了意外。

張欣銘大約被我的話給震懾到了。接下來的一秒，張欣銘擁抱起我來。我重心不穩，一不小心竟吻到了他，而他也沒有拒絕。

我忍不住偷偷地落下淚來。這是我的初吻。

那晚，張欣銘相信了我的謊言，真以為我當天失去父親，悲傷得無法回家面對傷慟，於是便帶我回去他的公寓過夜。

「你就睡這張床吧，我去睡客廳的沙發。」他對我說。

我看他走向客廳，終於耐不住性子問：

「你都是這樣的嗎？把人帶回家，然後分開睡？這是你的性癖好？」

張欣銘呆呆地看著我，大約沒料到我說出這樣的話來。

「你不敢一個人睡？我明白了。要是我在你這個年紀，家人發生這麼遺憾的事情，當天晚上，我肯定也不敢一個人睡。」

張欣銘果然與我同床了。只是，我跟他什麼事情也沒有發生。

我一夜未眠，而他只是安安靜靜地躺著，動也不動，好像熟睡了，可是連鼾聲也沒有。我懷疑他根本也沒有睡。他也在緊張或掙扎些什麼嗎？

經過那晚，張欣銘變得不願意我說起這晚的事情。他愈不喜歡我說，我愈喜歡故意在他面前提起；他愈說不可能愛上我，我愈愛說我喜歡他。

當然，我是真的喜歡他的。可是，我愈來愈清楚在可見的未來裡，張欣銘是很難愛上我的。我只不過是一個十八歲的男孩子，搞定自己都來不及了，怎麼有能力去改變一個二十六歲的男人，幫助他釐清自己要什麼呢？後來，當鳳珊姊出現以後，我更加肯定張欣銘是絕對不可能和我有任何可能的。我相信張欣銘此時此刻是喜歡鳳珊姊的，他只是被動，只是顧慮太多鳳珊姊的感受，只是因為我不斷挑動著他潛在的另一種欲望，所以變得舉棋不定。

從張欣銘的身上，我明白了也許每個人面對愛情都會有一種以上的可能性。不是有人說，每個靈魂其實都是一半男人一半女人嗎？我不知道那晚大雨夜裡的事情，是否只淡化成張欣銘生命裡的一段插曲，或者將會默默地改變他的人生。

他也許可以不愛我，而有一天我可能也不再喜歡他，但無論如何，他都是逃不開這個問題的吧。

第二天，我突發奇想，決定送一個禮物給張欣銘和鳳珊姊，當作「三明治俱樂部」的紀念品。

我拿著三個人的合照，去西門町「這些全是我做的」陶土公仔娃娃商鋪。

「照片裡的三個人都要做塑像，一式一樣，請製作三份。」我對老闆說。

「好的，把照片留下來，後天取件。」

老闆忙著做公仔娃娃，沒空抬頭看我。我覺得有些不安。

果然當我去取件的時候，差一點沒有氣昏頭。

「誰告訴你要這麼做的？為什麼要把這兩個人抱在一起？照片裡明明沒有擁抱的！」我質問老闆。

老闆做出來的三組陶土公仔，每一組的張欣銘跟鳳珊姊都親暱地擁抱在一起。至於我，則孤伶伶地蹲在他們前面。在現實生活當中，我可以接受張欣銘和鳳珊姊成為情人，可是難道連公仔娃娃都不能給我一些想像的空間嗎？

「他們兩個人不是情侶嗎？看起來很像啊。」老闆無辜地說。

「我不想要了。」我悻悻然地說。

「怎麼可以？我都做好了。」

「不是我要的。」

這時，身旁有一個男生忽然開口：「多少錢？賣給我吧！」

我轉身看他。他是林日新的男友，那天在光華商場看見的那個人。

「你想做什麼？」我沒好氣地問。

「如果你不想要，而老闆願意賣給我，你沒有資格干涉喔。我覺得這公仔做得挺可愛的，我很喜歡。你請老闆重新做一個你想要的吧。」他說。

「我賣給你了，打八折。」老闆說。

我拿回照片，氣憤地轉身離開。林日新的男友追上前來問我：

「能不能喝杯咖啡？」

「我為什麼要跟你喝咖啡？我不認識你，跟你沒什麼交集。你買走我的陶土公仔，現在一共加起來有九個可以陪你喝咖啡，已經夠熱鬧了。要不然，你應該請林日新陪你才對。」

「林日新把我給甩了。你不也是嗎？怎麼樣，兩個都被林日新甩的人，很有交集吧？喝杯咖啡而已，應該不為過？」

林日新竟然告訴這個人，我被他給甩了的下場。可是奇怪的是，聽見他也被甩，我原來一肚子的火反而在此刻突然消退了。

我們坐進Starbucks裡。這時我才知道他的名字，陳宇頡，而且竟然還是跟我唸同一所大學的。陳宇頡向我述說他和林日新分手的過程。

「那天林日新載我去陽明山上課以後，就說要去上班了。可是，下午我上完課以後跟班上一夥人去竹子湖玩，竟然看見他跟一個穿著華岡藝校制服的男生在停車場的車子裡親熱。我氣憤地找他算帳，他當場就說跟我分手了。」

「林日新專門找年輕男學生的。壞就壞在文化大學旁邊還有一所華岡藝校，那裡的男生不見得比文化的好看，但絕對比我們更年輕。」

「你真會開玩笑。」

「我怎麼有資格開你玩笑呢？我也是被他給甩的人。狀況其實跟你差不多，也是撞見他跟別人在親熱，然後對我非常冷漠。他只是想玩一玩罷了。」

「難道我們跟他混在一起，不也是只想玩玩嗎？」

「我不是。我對誰都不是。」我慎重其事地回答。

他尷尬地說：「別誤會了，其實我也不是，我也很認真想跟他交往的。我那麼說只是一種反問句，一種逆向思考。」

陳宇頡喝了一口espresso，苦得叫出聲來。

「你根本不喜歡喝濃縮咖啡吧，居然還點雙份？」我奇怪地問。

「我只想試試看失戀比較苦，還是double espresso比較苦。」

「那種爛人不值得你為他傷心，懂嗎？」

「什麼樣的人值得我們付出又值得傷心呢？」

陳宇頡的話令我想到張欣銘，心頭剎時一緊。一會兒，我才開口：

「就是面對這個問題時，一個你連名字都不忍心說出來的人。」

「你現在一定有這樣的對象？是那天在光華商場站在你身旁的男人？也就是陶土公仔的主人翁吧。」他命中紅心地說道。

我看著他，居然點頭默認了。

我很意外，這一晚，我竟跟陌生的陳宇頡在咖啡館裡互相吐露了心事。

兩天後，我在光華商場上班時，陳宇頡出現在我的面前。他拿了三組「這些全是我做的」陶土公仔到我面前。其中有兩組的張欣銘、鳳珊姊和我三個人規規矩矩地並肩齊坐著，剩下的那一組則是張欣銘擁抱著我。

陳宇頡說：「當然，這一組是你自己必須收藏好的。」

在別人面前一向表現得鐵石心腸的我，竟然紅了眼眶，差點落淚。

✸

沒有幾天，做事總充滿計畫的鳳珊姊便將新家整理好了。

晚上，我跟張欣銘到山崎麵包和許留山買了蛋糕與甜點到她新家。鳳珊姊見到我們，十分開心。

「黑貓宅急便的服務都沒有你們好喔！」她稱讚。

「是啊，本公司送宵夜還免費附贈牛郎相伴。」我打趣。

甜點吃到一半，鳳珊姊問起張欣銘母親的事情。張欣銘原來還不錯的情緒，一下子低落下來。

「我不得不跟我媽去紐約了。當她對我祭出苦肉計的時候，我大概就知道我無法抵擋。她畢竟是我媽媽，太了解我的個性。」

鳳珊姊點點頭，臉上淺淺地散開一種無奈的表情。

「她已經幫我決定好離開台灣的班機日期了。」張欣銘說。

「沒想到你真的要走了。」我說。

「日後我還是希望住在台北的，可是現在一定得去紐約住一段時間吧，好安撫我媽媽和阿姨的情緒。」

「這樣也好。」鳳珊姊說。

「是啊，紐約很好啦，是全世界領導流行的指標。」我安慰他。

「上回不是說那裡很危險嗎？」

張欣銘強顏歡笑地說。我跟高鳳珊也只能傻笑，不知道該怎麼解釋。

「我們來準備送給彼此的紀念禮物吧？」我提議。

他們倆個都首肯。張欣銘對我說：

「李稚，不好意思，你真的得搬回舅舅家了。」

「沒關係啦，我本來就是打算搬回去了，不完全是因為你要離開的關係。我會在你離開前就搬回舅舅家。」

其實我多麼不想回到舅舅家，可是不回去，我還有哪裡可去呢？

提到舅舅，我想起了姊姊，然後又想到好久不見的姊夫陳志翰。

第二天，打工結束之後，我撥電話找姊夫，想約他明後天出來見個面。

「明後天我得出差，恐怕沒時間。李稚，你現在在哪裡？」姊夫問我。

「光華商場。」

「我在SOGO附近，剛跟人開完會。我過去找你吧？」

「沒關係，姊夫，你如果忙就不用了。」

「不要緊，碰一下面，不會耽誤時間的。而且，客戶剛剛送我一些日本名產，我正好可以拿給你一些。」

我原來以為姊夫是一個人，結果他來的時候，身旁多了一個女人。她好像聽見我喚陳志翰「姊夫」，覺得很奇怪。

「這是我前妻的弟弟，李稚。」

姊夫向那女人介紹我。女人向我微笑，然後親暱地攬起姊夫的手。

「李稚，跟你介紹一下，我的女朋友也是同事，珮如。」姊夫笑著說。

我有些吃驚地看著，看見他們臉上寫滿幸福，我的心裡忽然泛起很奇怪的滋味。好像我的心裡有一張缺塊的拼圖，我始終在尋找遺失的那一塊，希望可以拼湊起完整的圖樣，可是剎那間卻發現那塊拼圖是永遠也找不到的了。

因為姊夫還有事情，我們就只是站著小聊了一會兒。

最後，他將手上的日本名產給我，說：

「李稚，不好意思，我還有事情，不能多聊了。改天再約你出來喝酒？」

我點頭。道別之前，我終於主動向他提起了姊姊。

「最近我很少跟姊姊聯絡了。」

姊夫點點頭，大概不方便說什麼。

我曾經希望姊夫有一天能追回姊姊，而姊夫也許的確曾溫存著昔日與姊姊的情感，但如今我知道，他們真的是不可能復合了。他們早就過起互不相干的生活，走在不同的道路上。一直以來，我的奢望是幼稚的。

跟張欣銘回家的一路上，我思考著姊姊和姊夫的事情，同時也想到張欣銘、鳳珊姊和我之間的問題。我悵然若失地得到結論，原來成長就是看清楚有許多事情即便是努力過，終究也抵不過緣分和命運的安排。

✸

在張欣銘離開台灣的前三天，我準備搬離他的公寓，回到舅舅家。

我打了通電話給姊姊，告訴她這件事。當然，我沒說姊夫陳志翰的事情。

沒想到，她希望我不要去舅舅家。

「搬來我這裡吧？」她說。

「我可不想被你先生趕出來，他不是無法接受我嗎？」

「我們暫時分居了。」

「什麼？」

「記得上回他跟那個曾嫚麗的事嗎？事情好不容易結束了，但是他改不了本性，又對新來的祕書有歪念，所幸對方是個正直的女人，不吃他這一套。我以前沒發現他是這麼拈花惹草。我想了很久，決定與他協議暫時分居。可是，老天爺愛整我，這兩天我發現我懷孕了。他一直嚷著要回來住，好照顧我和肚子裡的小孩，可是我不想。所以，你不如搬來我這裡吧，一來是你其實不喜歡舅舅家，二來是你過來住就可以照料我這個孕婦。」

這些年來，我跟姊姊的關係其實很陌生了，她會提出這樣的邀請，其實令我有點意外。最後，我答應了她。

我的東西雖然不多，可以一個人招部計程車去姊姊家就好，但熱心的張欣銘不願厚此薄彼，堅持也要向同事借車幫忙我搬家。我心裡明白，張欣銘這麼堅持，是擔心我會認為他對鳳珊姊比較好，以至於我內心受傷。

可是張欣銘不知道，就算他這麼做，我還是會難過的。當我從張欣銘的公寓裡踏出來的當下，便已經感觸良多，百感交集了。

我們在姊姊家樓下，張欣銘替我將東西從車裡卸下來。

「李稚，你很久沒跟姊姊住了，兩個人重新住在一起，生活上肯定有許多需要磨合的地方。如果你跟姊姊產生了什麼摩擦，就忍耐一點吧。」

「我會的。不過你也知道，我的忍耐程度是因人而異的。」

「如果真受到什麼委屈，就去找鳳珊吧。她很疼你的。」

我點頭。張欣銘臨走前，提醒我：

「別忘記後天晚上要跟鳳珊回『三明治俱樂部』替我餞行喔。」

「當然不會忘記。我們也會去機場替你餞行。」

「不要了。我已經跟鳳珊說過，你們只要前一晚替我餞行就好，不要來機場送別。那種在機場離別的場面，會令大家很難受的。」

我點頭。轉身拎著行李上樓時，我忽然轉身叫住張欣銘，問：

「你大門口那塊『三明治俱樂部』可以留給我嗎？」

他搖搖頭說：「不行。我要帶去美國，掛在我的房間門口。」

我笑起來，他也跟著笑，然後揮手與我道別。

我關起鐵門，拾階而上，覺得位於三樓的姊姊家，竟是這麼的遙遠。

第十集

李稚

張欣銘

高鳳珊

李稚

我和姊姊都把事情想得太簡單了。

住進姊姊家的第一天晚上，我連行李都還沒有打開來整理，他先生就回來了。當他看見我正準備住在這裡的時候，不滿的情緒立即寫在臉上。

「是我請李稚回來陪我的。」姊姊對他說。

他知道因為是姊姊的關係，我才搬過來，所以並不敢多說什麼。在我眼中的他是個很沒種的男人，他敢在外面搞婚外情，可是又害怕離婚，因為擔心沒人幫他打理生活雜事。現在的他，一心一意只為了向姊姊討好，希望能搬回來。

「其實不用麻煩李稚的，我是你的先生，本來就應該照顧妳。」他說。

「你在外頭拈花惹草的時候，怎麼沒想到這句話？」

「對不起，我知道我真的做錯了。我會改過的。事實上，我已經改過了。妳知道的，我們一直都想要孩子，現在終於有了，我很希望能夠在孩子沒出生前，就開始參與他的成長。懷孕講求胎教，妳要我分居，肚子裡的寶寶會感覺爸爸不在身旁，這樣對他並不好。」

他說得鏗鏘有力，我終於知道曾嫚麗或者其他女人為何會喜歡上他了。

姊姊聽著，大約也被他給感動了吧。她雖然沒有說話，但我已經從她的眼中看見了她的退讓。

「李稚過來住，很好啊！多一個人，這裡熱鬧些！」

我坐在客廳沙發上，剛喝完一罐果汁，差點吐出來。真是太偽善了。

就這樣，姊姊軟化了，同意她先生搬回來住。我對於這個結果並不意外，只是沒料到事情發生得這麼快。姊姊從來就是一個注重婚姻的女人，她跟姊夫陳志翰的離婚造成她很深的影響，當她再婚的時候，就打算無論如何必須擁有一段完整的婚姻。完整但不一定要完美，是她此生的婚姻態度。

我回到房間裡，看著尚未整理的行李，很清楚知道我若是真的住下來，這個男人一定會找我麻煩，而且我每天都看到他，可能會生重病。

其實，姊姊願意開口邀請我與她同住，我已經覺得相當歡欣了。長大以後，總覺得跟姊姊隔了一層膜，不是熟稔也不是陌生，可是經過這件事情以後，我和她雖然沒有說破什麼，但應該或多或少從此獲得了一些彌補和安慰。

隔天中午，我去打工時，約陳宇頡一同去路邊攤吃大魯麵。

「你今天怎麼悶悶不樂的？」他問我。

「我這兩天剛搬去我姊姊家，他先生原來跟我姊分居，但我搬過去以後，他也搬回來。他是個『恐同症』的傢伙，很討厭我。我不想繼續住在那裡了，可是，一時之間也不知道該去哪裡？也沒那麼多錢租房子。」

「我最近也準備找新的租屋。不如我們一起合租吧，可以省不少錢。」

「這樣好嗎？」

「有什麼不好？只是一起分租房子而已啊。」

我想了想，回答：「沒什麼。我考慮一下。」

其實我心裡擔心的是陳宇頡對我的態度。我能感覺到他對我的善意與熱情，可是我不知道倘若他有進一步的表示，我現在該如何面對。

同時我在想，我也會帶給張欣銘這種壓力吧。

明天，張欣銘就要離開台灣了。晚上，鳳珊姊跟我相約回到「三明治俱樂部」替張欣銘餞行。我跟鳳珊姊在必勝客外帶了pizza到他的公寓。

仲介公司希望能買下張欣銘的家具轉讓給新的房客，至於其他的個人物件，他幾乎都打包好了。我看見原來生活的地方，忽然變得空盪盪的，實在不太能適應。吃著pizza的同時，我問他們有沒有準備好互贈的紀念禮物。

「我先拋磚引玉吧。」我首先拿出我的禮物給他們。

鳳珊姊跟張欣銘一人一份「這些全是我做的」陶土公仔娃娃。

「你自己沒有做一份嗎？」張欣銘問我。

「有。我的放在家裡。」我告訴他，但是沒說我的跟他們的不同。

「真的做得跟我們很像啊。臉部的表情好生動！」鳳珊姊驚嘆。

「李稚，你很用心想到這個禮物喔。」張欣銘仔細把玩著。

他們喜歡，我也很開心。接著，張欣銘從一個紙箱裡拿出他準備好的禮物。我跟鳳珊姊也是一人一份。我們拆開包裝，是兩雙毛茸茸的布拖鞋。

「雖然拖鞋是買來的，可是有我的心意在。兩隻拖鞋上面的三明治是我用針線縫出來的。」張欣銘訥訥地笑著。

「難怪這麼醜。」我禁不住笑起來糗他。

「博學多聞的張欣銘送我們拖鞋，一定有意義吧？」鳳珊姊問。

「代表我們結伴走過的這段日子。以後雖然大家各奔西東，但是在家裡穿起三明治拖鞋來，就可以走回記憶了。」

「好，換我了。」鳳珊姊從包包中拿出一本檔案夾，打開來解釋：

「雖然沒有了三明治談心時間，但是如果有一個只屬於我們三個人的祕密網站，還是可以繼續交換日記、分享心事。我為大家設置一個三明治俱樂部站台。不好意思，沒有手提電腦，只好先列印下來給二位看看。」

鳳珊姊的檔案夾裡，放著一頁頁她所設計的網頁列印稿。首頁就是那塊「三明治俱樂部」的招牌照片，點選進去，就可以進入交換日記留言板、聊天室、個人檔案和我們這些日子以來所拍過的照片集子。三個人各擁有一組帳號和密碼，只有我們才能夠登錄使用，以及看見這些資料。

「果然是網頁編輯啊，太厲害了。妳花了很多時間吧！」張欣銘稱讚。

「我不是因為李稚說要準備禮物才開始做的喔。其實當我搬家的時候，老早就開始這項工程了。為了怕你們知道，拍照都要偷偷摸摸的。」

「鳳珊姊的禮物比起我的來說，實用多了。」我說。

「別這樣。你們的禮物也很棒。我的很實用，你的很可愛，欣銘的則是很貼心囉！」鳳珊姊忍不住又拿起陶土公仔和拖鞋來看。

「時間就像一個巡迴馬戲團，隨時在打包行李去趕下一站。真快啊！我明天就要離開各位了。」

「我們明天晚上還是去送機吧。」鳳珊姊提議。我點頭附和。

「謝謝，真的不要。離情依依的場面太悲傷了。」張欣銘說。

最後，我們終究還是沒有說服張欣銘。

我和鳳珊姊在張欣銘公寓樓下與他道別。說再見以後，我跟鳳珊姊都沒有再回頭。我們很怕一回頭便觸動感傷的情緒，不能控制。

這一晚，我失眠了，怎麼數羊都無法入眠。我想，說不定我們三個人都同時失眠了。因為三個人搶著數羊，所以羊隻都不夠用了。

第二天中午到光華商場打工前，我跟陳宇頡約吃午飯。

他聽了我一夜未眠，只是忙著數羊，覺得不可思議。

「你耍白癡啊，數什麼羊？失眠了就應該去尋找藥方。」

「那麼晚，藥房早就關門了。」我無奈地說。

「我的藥方指的是你那個張欣銘。你是因為他失眠，當然應該去找他。」

「算了，他無論如何都是要離開的。」

「你至少該去送機吧？」

「他不希望我們去送機。」

「我如果那麼狂愛一個人，即使目送他的飛機劃過天際也心滿意足。」

「他是晚上七點多的班機。」我突然對他的提議心動了。

「我們下午請假吧？我陪你去機場。」

我竟然答應了。瘋狂的事情是孤掌難鳴的，但是只要有人結伴也就不覺得怪了。我跟陳宇頡五點鐘從忠孝復興站搭乘長榮客運出發，一個多小時就抵達了中正機場。我雖然很想直接衝進機場大廳再看一眼張欣銘，但因為擔心破壞昨天彼此的承諾，最後還是選擇在停車場目送班機。

不久，忐忑不安的我，對陳宇頡說：

「我想回去了。這樣好愚蠢，他根本不會知道的。」

「你看著飛機，誠心一點，他有心電感應的。」

「難怪林日新會甩了我們。他哪裡有閒時間慢慢地體會心電感應？他講求的是隨插即用的速度。」

那麼，與林日新個性迥異的張欣銘，真的會有心電感應嗎？坐在飛機上的他，一定會想到我和鳳珊姊的吧？

七點半左右，我的眼角出現了一台正漸漸向上拔高的飛機。

「這就是他的班機了。」我說。

飛機的聲音低沉而悠緩地傳送至耳邊，我默默地看著它移動著，好似平靜卻又那麼迅捷，一下子就消失在高空的雲層裡。

再見了，張欣銘。再見。

我抬著頭，向早已不見蹤影的飛機，飛機上的張欣銘道別。

陳宇頡沉默地拍拍我的肩，我卻依舊一直凝望著天空。

這一刻，我真痛恨地球是這麼的巨大，人卻如此的渺小。

✷張欣銘

一切竟然就這麼結束了。

我靜默地坐著，張望四周，至今仍難以平復波動的情緒。

回想來機場的一路上，母親不斷地告訴我，跟她回紐約是多麼好的事情。

起先，我覺得倘若我陪她回去能讓她變得如此快樂，或許是值得欣慰的。可是當她一直反覆陳述的時候，反而有股不安的感覺浮現出來。

「說不定我去餐館幫忙，一切沒有妳和阿姨想像中的那麼好。而且，我總覺得我不會適應紐約的生活。」我說。

「你會很滿意你在紐約的生活。」她斬釘截鐵地說。

「妳怎麼知道？」

「都安排好了。我跟你阿姨很替你著想，全都幫你安排好了。」

「安排好了？」

「是啊。餐館呢，晚餐比較多客人，所以你晚上再來幫忙就行。至於白天，你在移民局工作的姨丈，他哥哥在東城開了一間小書店，知道你要來紐約定居以後，高興得很，決定借用你在書店工作的長才。所以，我跟你阿姨的意思就是希望你白天去書店工作，晚上才到餐廳幫忙。還有，週末的時候，你沒事可以幫阿姨帶小孩。當然我知道你一個大男人很難帶孩子，所以你阿姨幫你找了個鄰居的女兒，比你小一歲的，請她來幫忙。你們可以帶小孩子去郊外，兩個人順便也可以藉此培養一下感情。你老大不小了，應該準備結婚了。」

我簡直難以置信：「為什麼要幫我安排這些？竟然還要替我安排婚姻？」

「如果那個高小姐是妳女朋友，我也會請妳阿姨不用幫忙介紹的。既然不是，人家幫妳牽線，有何不可？」

「我不喜歡被安排。」

「我們是為你好。要是有人替我安排好這些事，我高興都來不及。我替你準備了天仁茗茶，你到紐約就拿去給你阿姨，向她道謝，說是你買給她的。」

「被固定好的人生，只不過是失去靈魂的肉體。」

「別說得這麼無奈。這不是固定你的生活，而是提供機會。我們知道你剛到紐約一定會很茫然，所以才想這樣幫忙你的。懂嗎？」

我雖然明白母親的用意，但，我真的已經很厭倦被安排好的感覺了。

我討厭被安排好的生活，也討厭自己就這麼順水推舟的個性。

一直以來都是這樣子的，我總是那麼不積極去爭取自己要的東西，事情發生在我眼前了，我要不就是消極地接受，要不就是沒有發現，結束了才察覺。

我不就是這樣子，才令鳳珊和李稚陷入進退兩難的局面嗎？

真的無法再忍受了。真的。母親口中的紐約生活，我根本不敢想像。我覺得我看見一個走著回頭路的，再也沒有任何希望的張欣銘。

不行。絕對不行。我不能再這麼墮落下去。

到了機場以後，母親領著我去check in的櫃台。

她將我們兩個人的護照和機票交給票務小姐。接著，她把行李放到托運磅秤上。行李秤過重量以後，就被運輸帶送走了。

「欣銘，換你的行李了。」她看著我說。

可是，我站著，動也不動。張欣銘，快點。勇敢一點。現在錯過了，就真的來不及了。母親和票務小姐困惑地看著我，其實我也同樣的掙扎和困惑。

「欣銘，秤行李了。快點。」母親催促。

「張先生，麻煩您喔。需要我們幫忙嗎？」

我依舊站著，看著她們兩個人。我的血液忽然熱騰騰地流動起來，呼吸急促，甚至手都有一點顫抖。

「你怎麼回事?時間不多了，後面還有人在排隊的。」

「對不起，我不能跟妳去紐約。」

我竟脫口說出這句話。我辦到了。

「你現在發什麼神經？」

「我活過四分之一個世紀了，好像大多數的時候，都不是自己選擇和決定自己的人生。謝謝妳跟阿姨替我著想，但是我不能再那麼無所謂的過生活了。」

「我聽不懂你在說些什麼！」母親有些生氣地說：「有什麼事情，在飛機上有足夠的時間讓你慢慢說。」

「我要留下來。」

「不行。」

「對不起，請妳體諒我。」

我從票務小姐的手上，抽回我的護照和機票。票務小姐顯得茫然。

「先生，您不打算登機了？您母親的登機證已經準備好了，如果您要上飛機，必須將護照和機票給我。否則，我們即將開放候補機位了。」

「是的，我不登機了。」

我與母親對看，僵持著，有好一會兒我們都沒有開口。我看著母親的眼神，從銳利中透露著氣憤與不解，然後那力量漸漸退到後頭，變得柔和起來。

母親搖搖頭，取回她的護照和登機證。

我們到了二樓海關外頭的走道上。她終於恢復了平穩的口氣，說：

「拿你沒辦法了。你果然跟你爸是一個樣子。」

「不一樣的。爸欺騙了妳，但是我沒有。如果我違背了自己的心意，跟妳去了紐約，過著自己一點也不喜歡的生活，並且還要告訴妳我很滿意，那麼，我才是欺騙了妳。」

母親看著我，無奈地擠出一抹笑容，說：

「我還想這次回來辦什麼事情都好順利，沒想到，最後你來這招。這下子，我兩手空空回去，怎麼跟你阿姨交代？」

「就說我被當作家具，一起被賣給信義房屋了吧。」我開玩笑。

「你阿姨的精神狀況愈來愈差，別這樣害她了。如果這樣告訴她，有一天她會以為，就連生下你的我，其實根本也是一張椅子。」

終於，登機的時間接近了，我向母親道別。在出關的門口，我擁抱她。「真的很抱歉，無法回去幫忙妳的餐廳。有機會，我還是會去看看妳的。」

「餐廳的狀況雖然沒有很好，但是也不會太糟啦。之前我那麼說，都只是為了博取你的同情。欣銘，沒關係的，我這次能看見你，其實也挺高興了。」

母親漸漸消失在我的眼前。一切竟然就這麼結束了。

這一刻，我回到機場的大廳裡，左右手拖著兩個大皮箱，忽然發覺眼前的世界變得如此遼闊。我靜默地坐在大廳的椅子上，張望四周，至今仍難以平復波動的情緒。不久，我才漸漸微笑起來。雖然歷經許多的波折，彷彿經過一場革命，可是那些生命裡差點失去的東西，現在全又都回到我的身邊了。

前往紐約的班機已經起飛了，而自己決定的新生活也即將起飛。

✸高鳳珊

所謂的「新生活」就這麼開始了。

似乎一切又回到了原點，時序接回了當初我離開阿倫的時候，而中間什麼也沒有發生過。多麼奇怪的感覺啊。可是事實上，我清楚這期間發生的事情，絕對比過去的二十八年都來得多，只是一切又歸於平淡了。

我坐在房間裡，發現東西變得好凌亂。當初住進張欣銘的公寓時，我沒有帶進多少行李，我奇怪離開的時候為何多出這麼多東西？我到底從張欣銘那裡帶走了多少東西呢？那其中最多的部分恐怕都是無形的吧。

我看著牆上的月曆和時鐘。八點了，張欣銘的班機正朝著東京的方向飛去，接著會飛越過太平洋，最後抵達美國紐約。

我從一箱尚未整理的紙箱中，翻出很久以前向曾嫚麗抄來的減肥食譜。

我把那張食譜貼在牆上，打算明天以後再重新執行我的減肥計畫。

總要找一些有目標的事情來做吧，否則忽然間變成一個人的生活，陷在大量的時間裡，是會令人窒息的。從阿倫到「三明治俱樂部」，我到底是很久、很久都沒有真正一個人獨居生活了啊。

盯著減肥食譜發呆的時候，我的手機忽然響起。

這麼巧，正是曾嫚麗來電。

「妳在發什麼呆啊？」曾嫚麗問。

「怎麼知道我在發呆？」

房間裡太悶熱了，我坐到陽台的窗台上。

我的新公寓位於一樓，是在小巷道裡的，環境很幽靜。陽台外矗立著一支路燈，白花花的燈光把陽台和窗外的巷道都照得燦亮。

「妳的聲音聽起來很呆板。我這麼久沒跟妳連絡了，妳應該要很興奮的，可是並沒有，所以肯定是心情沮喪在發呆。」

「為什麼？」

「妳真是一個敏感的女人。」

「當然。女人最敏感的對象其實不是男人，而是女人。」

「每一個女人都要防另一個女人搶走自己的男友，怎麼不變得敏感？」

「妳真是充滿戰鬥性格。所幸我們兩個對男人的口味相差很遠。」

「我們兩個是不同世界的女人。我要是像妳這樣跟一個男人交往，我不如去京都看枯山水算了。對了，張欣銘今天晚上走了？」

「原來妳也知道。」

「否則我為什麼打電話給妳？我是聽 Jacky 說的。連 Jacky 都有些感傷了，更何況是妳呢？果然妳現在的心情很低落。好了，別難過，一切隨緣吧。」

「謝謝妳雪中送炭。」

「改天我們一起去曼谷散散心吧。」

「妳跟 Jacky 從曼谷回來後，就愛上那裡了，成天想再回去度假？」

「那裡是個神奇的地方。平常我都嫌 Jacky 不夠浪漫，沒想到他在曼谷卻變了一個人似的，不但請我去度假村，又在燭光晚餐時送我項鍊。恰好那裡的景觀真的挺棒的，令我這個見過不少世面的女人都被他給感動了。」

「真是令人羨慕喔。我如果跟妳去曼谷，恐怕是見不到這種神奇的力量吧。妳該不會也要送我項鍊？」

我當然不能告訴她，張欣銘向我說過這些點子是他告訴 Jacky 的。

「曼谷不只這個神奇。那裡還有一個神奇的部分，就是 Go Go Boy。」

「什麼 Go Go Boy？」

「全是穿得極少的男人在台上性感演出的舞廳，甚至有些店家還會演出真人性愛秀。我沒去曼谷以前就聽說了，到了那裡便慫恿 Jacky 陪我去看。當然，我挑選那種女孩子也可以入場的店家。妳知道嗎？台上的男人每一個都像是模特兒，妳喜歡哪一個就可以點他回飯店。那些男人很聽話，體格好又溫柔，而且絕對不會跟妳吵架，多好呢！可惜這次是跟 Jacky 一起來，我只能望梅止渴。」

「所以妳的意思是，要我跟妳去曼谷找 Go Go Boy？」我訝異地。

「開玩笑的啦！不過，如果只有我們兩個女人去，倒是不妨考慮一下。」

「妳現在跟 Jacky 關係還不錯，怎麼還想找男人？」

「對我來說，這不相違背的嘛。我把對他的愛，用衛生紙包好存放在心底，至於找Go Go Boy只是樂趣而已，沒有愛的。」她把自己說得好清白。

不過，我想嫚麗雖然總在玩愛情冒險的遊戲，但截至目前為止，她總還能從其中獲得極大的生活樂趣，並且找到一個她身為女人的意義。而且，現在看來，她和Jacky大概還能夠繼續穩定地生活下去吧。

「也許我早該師法妳了。像我這麼循規蹈矩的，愛情路卻沒有妳順利。」

「別這麼說。好事多磨嘛，妳將來絕對會有更好的歸宿。」

「感謝妳這麼看得起我。」

曾嫚麗忽然轉移話題，問：「妳現在看得到窗外的天空嗎？」

「我現在正坐在陽台的窗台上跟妳講電話啊，」我抬頭張望，說：

「等等喔，我看看。現在天氣很不錯，還看得到幾顆星星。」

「太好了。妳聽說這兩天有流星雨嗎？」

「沒聽說過。我們窩在盆地裡肯定看不見的。」

「不一定喔。聽說這次流星雨規模很大的。如果妳公寓附近沒有太嚴重的光害，去找個望遠鏡來，也許還是能看見一些的。」

「這麼做是為了許願嗎？」我問她。

「當然啊。我坦白告訴妳，我高中時就曾經對著流星許過願，我當時的願望就是將來有數不盡的男人圍繞在身邊。」

「怎麼不早點告訴我？顯然是很準的。」

「我沒有大肆宣傳的原因在於它只準了一半。」

「我可以知道哪一半沒有實現嗎？」

「我說了，妳會笑我。」

「不會啦，妳說吧，大家這麼熟了。」

她有些猶疑，最後還是告訴我：

「我許下，有一天可以見到《猛浪山莊激突夜》的最佳男主角。」

我當場誇張地失笑，令曾嫚麗感到很困窘。

我縮在窗台邊，手持著電話，兩個人在電話兩端笑得好厲害。

然後，我的目光投向白花花的路燈照耀下的馬路。忽然，我隱約看見有兩個人影從巷子的左邊和右邊，面對面地慢慢接近。起初，我並沒有特別留意，可是後來，我忽然覺得那身影彷彿是熟悉的。我甚至感覺到一股熱度正在接近。

「怎麼樣，妳那裡到底能不能見到流星？」曾嫚麗問。

「等一等，我看見了。」我爬下窗台，站著，認真地看窗外。

「真的還是假的？是妳那裡太暗了，還是妳的視力太好？竟然沒有拿望遠鏡就可以看見流星雨？」

「不會吧？我真的不敢相信，我看見了他們！」我又驚又喜地說：

「嫚麗，我現在不跟妳說了！台北比曼谷還神奇！」

「好吧，沒有想到流星雨可以令妳這麼開心，我也感到十足安慰了。」

掛去電話以後，我繼續仔細看著，終於確定巷子兩頭出現的兩個男人正是李稚和張欣銘。怎麼回事呢？他們怎麼會出現？張欣銘不是出國了嗎？

張欣銘跟李稚是相約好的嗎？我偷偷將身子壓低，蹲在窗台下緣，不讓他們看見我。因為巷子裡太安靜了，倘若他們講話，那麼我在陽台大約都能聽見。我想知道到底發生了什麼事情。

張欣銘和李稚看見彼此的時候，兩個人都顯得非常驚訝。顯然，李稚也不曉得張欣銘並沒有搭上飛機。

「你，你是張欣銘吧？怎麼，在這裡？錯過飛機了？」

李稚驚詫地，話都說得結巴了。

「我決定不走了。」張欣銘說。我聽了很吃驚。

「不走了？你媽媽竟然同意？」李稚問。

「我告訴她，我不能跟她走。我想要自己決定自己的人生。」

「你真的很特別。」

「雖然先前我想如果我暫時離開一段時間，可能對你還有鳳珊都是好的，不過當我在機場的時候，卻忽然覺得，我不想去紐約過我不想要的生活，更重要的是我不想在現在的生活當中失去你們。」

「你決定繼續把我們納入你的生活裡，那麼你要面對的決定，就不是只有不去紐約而已吧。你告訴我，你現在對我跟鳳珊姊的決定是什麼？你這樣子，難道不擔心又要讓我跟鳳珊姊陷入單戀的窘境？」

「我把你和鳳珊都視作最親暱的家人了。」張欣銘說。

「我明白你的意思了。」

最親暱的家人。我聽著張欣銘和李稚的對話，雖然對於愛情的落空終究有些遺憾，可是退一步想想，真的是這樣才能更長遠吧。

雖然談不成戀愛，可是這一生能擁有他們兩個貼心而且令我安心的同伴，彼此願意傾訴與聆聽心事，不也是幸福的嗎？

我緩緩站起身子，在陽台的窗戶後面，靜靜看著他們兩個人。

這時，他們終於發現了我，兩個人都好詫異。

他們知道我全聽見了對話，臉上露出男人少有的害羞。

「歡迎你重返俱樂部的行列。」我對張欣銘說。

張欣銘訥訥地笑著道謝。一會兒，李稚對他說：

「你暫時沒有住處了，該怎麼辦？姊姊那裡，因為他先生的關係，我大概還是沒辦法住下來了。這兩天正考慮搬出來跟人合租房子，你不介意的話，可以暫時住那裡。大家擠一擠沒問題。」

「要借住我這裡也行。沒想到這麼快就可以報答你。」我說。

「或者一天住李稚那裡，另一天住鳳珊這裡。」張欣銘開玩笑。

「你別坐享齊人之福。」李稚糗他。

「至少先決定今天晚上住哪吧？有點晚了。」我說。

「反正明天是星期六，不如我請你們去in house喝酒，然後再去錢櫃唱KTV唱到通宵吧？」張欣銘提議。

我跟李稚的玩興一下子被張欣銘挑起來了，顯得迫不及待。

在巷口招了計程車，三個人並排擠在黃色的計程車後座，前往Neo19裡的in house餐廳。

「可以問一個問題嗎？」坐在我右手邊的李稚開口。

「什麼問題？」我左手邊的張欣銘好奇地問。

「那個『三明治俱樂部』招牌，以後該放哪裡？」

張欣銘陷入思考，找不出解決的方法。

「輪流保管吧。」我說：「以後的聚會，可以輪流在三個人的家相聚。招牌就當作接力賽的鋁棒，下星期換到誰家聚會，就交給他保管。」

「果然是充滿規畫的高鳳珊。」張欣銘稱讚。

計程車載著我們，在深夜的台北城裡繼續前行。

我看著車窗外後退的天空，想起曾嫚麗提起的流星雨。

流星從來不會自己發光，它的光束來自於大氣層的摩擦生熱。每一個人都是孤單而黯淡的，只有遇見相知的人，緊緊相伴著，才能熠熠發光。

我升起一股衝動，雙手分別握住了張欣銘的右手和李稚的左手。

他們同時轉過頭來凝視我，三個人什麼話也沒說，只給了彼此一抹心有靈犀的笑容。

就在今晚，我想，我看見了比流星雨更為耀眼而恆久的東西。

三明治會報

時間：二〇〇三年九月二十五日
地點：三明治俱樂部。二樓包廂
人員：張維中VS.孫梓評

兩人各點了一杯香檳，悠閒的對談就在Sade的背景音樂中輕鬆展開。

【孫梓評】您曾經寫過兩本長篇小說，《岸上的心》以師生戀的題材和大學時代友情、愛情之互動鋪陳，甚具青春氣息；而《水城之風》則更都會感，訴說愛情的漂流、傷害與信賴。那麼，您是在什麼心情與預感之下，提筆書寫第三本長篇小說《三明治俱樂部》？又希望透過這個長篇，來表達此刻您最關心的什麼？

【張維中】我期望第三本長篇小說《三明治俱樂部》能很生活化地寫出城市裡的寂寞與喧譁。每一個人其實都有兩個自己，一種是別人看見的（或者給別人看的）；另一種則是夜深人靜時獨身的自己。最俐落的人必定有猶豫的個性；最光鮮亮麗的人也有晦澀的一面；而最徬徨的人總有果決的心。

這些東西放在友情、親情與愛情中必然都會有不同的變化，我想寫的也就是這些感覺和這些人。當然，那同時也反射了我生活在這個城市裡片段的心境。

【孫梓評】在《三明治俱樂部》裡，有一個非常具有現代感與自主性的角色，高鳳珊。她不但在經歷一段懸而未決的愛情長跑後決定主動喊停，也在面對張欣銘和李稚的尷尬僵局時，主動提出搬家決定。是否，她是您想像中的一個理想女性雛型？在創造這個小說人物時，對她有什麼策略或期許嗎？

【張維中】很可能是吧。高鳳珊雖然有時難掩「想要改變卻又被習慣給征服」的惰性，但在幾個關鍵時刻中，她總表現得相當理性，尤其相較於張欣銘和李稚而言。我總覺得女人具有獨有的智慧，不但能替自己解套，甚至也解決令男人束手無策的窘境。我塑造高鳳珊成這樣的性格，一方面是我欣賞這樣的女性，另一方面則是她的特質彌補了缺乏家庭女性溫暖的李稚，同時挑動了張欣銘沒有認真思考過的深層情感。正因為如此，兩個男人都很難脫離她。

【孫梓評】我想，一定有許多人對於《三明治俱樂部》裡的演技派男優張欣銘印象深刻，畢竟現實生活中，如果真的遇見這樣對於發明格言與熱心助人都患有強迫症的男人，應該是相當迷人的一種啼笑皆非吧。同時，您也巧妙地把他個性上的優柔寡斷與性傾向的游移未明做了一個很細膩的結合，是什麼給予您靈感來創造這個生動的角色？

【張維中】真會迷人嗎？我懷疑是束手無策喔。張欣銘如果出現在生活中，大概就像一件您很喜歡的毛衣，穿起來是前所未有地溫暖好看，但不幸的卻是您會對它鼻子過敏。張欣銘的優柔寡斷來自於他太替別人著想了，可是同時對自己又不夠了解的緣故。至於創造出他的靈感，坦白說，還真的是從我看過的幾則「滑稽」的格言開始構思的。

【孫梓評】熟讀您小說創作的朋友或許不難發現，在您的作品裡有一個相當特別的「男孩原型」，他們多半是家庭失和、情感細膩，但外表看起來陽光燦爛的大男生。也正因為這種落差極大的內外對比，我們在閱讀這些「男孩原型」時，除了嗅聞到濃濃的青春氣味，也很容易感到不忍心。是否請您談談對於這種「男孩原型」的情結？不可否認地，在《三明治俱樂部》裡走傑尼斯風的李稚，也屬於這樣的範疇。

【張維中】我猜想所謂的「男孩原型」情結，大概來自於我對自己青春時期的認識是模糊的，或者是不滿足的。國中到高中這個階段是男孩身體開始變化的時候，是與女孩真正有所不同的開始，也是逐漸被灌輸身為一個男人在未來所必須承擔哪些性別責任的時候。然而當時我由於個性太閉塞，加上升學壓力，以及長期住校而與外界的潮流隔離，有一部分應當屬於這個年紀的狂放是缺乏的。所以，也許當我寫這些男孩的時候也試著在回溯自己的青春吧，透過小說情節彌補青春的缺口。

【孫梓評】相對於以往曾經有《岸上的心》在中國時報、星洲日報連載刊出的發表狀況，這一次您書寫《三明治俱樂部》，選擇在紫石作坊網站與明日報個人新聞台同步連載。當初為什麼做出這樣的決定，有何特殊考量嗎？又是否在連載的過程中，有令您印象深刻的讀者反應？

【張維中】報紙副刊的限制比較多，至於網路則操之在己。《三明治俱樂部》的網路連載帶給我很新鮮的體驗，讀者的反應是即時的，有時看見網友比我自己還投入，十分感動。由於網路的無遠弗屆，參加俱樂部的讀者也遍布海內外。大家因為高鳳珊、張欣銘和李稚而齊聚在這裡，是一件很神奇的事情。隨著故事的發展，三個角色都各自集結一群擁護者，讓我覺得讀者們真的很可愛。我要很誠心地感謝他們。我給了三明治故事人物骨架和血液，但是讀者的閱讀才是給了他們氧氣，讓他們徹徹底底活起來。

【孫梓評】向來，您的小說都是情節豐富、節奏明朗的。這一次閱讀《三明治俱樂部》則覺得更加輕快，是否有意在小說敘述的方式嘗試改變？您認為這一次書寫長篇小說與過往經驗最大的不同處在於什麼？另外，每一章的開頭，也都以相當特殊的方式出場，像是談搖頭丸、超級市場紅利積點、群眾心理學、人體盲點等等，彷彿在暗示著情節的精華點，談談這個創新的手法？

【張維中】閱讀這本小說的輕快感是我有意塑造的。這是一個非常城市感的故事，我希望在敘述和閱讀這方面也傳遞出大都會的節奏。我不屬於文字功力很天才型的作者，因此如何言簡意賅地表達完整的情緒，我始終在學習。創作《三明治俱樂部》與過去最不同的經驗在於，我不那麼嚴格地擬定出章節大綱，同時每一集的書寫也沒有時間上限，總的來說是很舒服的寫作狀態。談到每一章節的開頭，靈感來自於好萊塢電影的字幕片頭。我很喜歡看電影的字幕片頭，導演總是能巧妙並且有創意地開場。我試著轉換成文字，希望真的有達到一點點特殊的感覺。其實蒐集這些資料並不難，重點應該是怎麼將資料的特質運用進小說情節當中。

【孫梓評】《三明治俱樂部》是一個很微妙的故事，它點擊了現代男女某些不可告人的心事，場景是都會的：有健身房、美食餐廳、捷運、lounge bar、電腦賣場、法商書店、線上遊戲公司等等。人物是多重的：擔任網頁編輯的高鳳珊同時也是個社工人員；在書店退、補書的張欣銘其實是個英美文學碩士；會去Pub跟別人幹架、吃搖頭丸的李稚，卻有一顆最敏感、柔軟的心。是否談談您希望大家讀完《三明治俱樂部》，能得到什麼？

【張維中】說真的，我希望大家不要太期望能從中獲得什麼人生大道理。我只希望讀者們看完這個故事，能夠有以下其中任何一種感覺：珍惜、滿足或者陪伴，那麼這本小說的誕生便值得了。另外，小說人物的多重，或許都融合了每一個人，看完了他們的故事，回到現實生活希望大家也能勇敢面對未來。

【孫梓評】就我個人私下了解，您是一個非常規律與模範的小說創作者。在書寫《三明治俱樂部》的過程裡完全自動自發地完成了進度，並且勤奮好學地學會了書本裝幀設計，今回不僅表現了小說創作的才華，也讓各位感受到您對繪圖與設計的魔力。是不是為我們談談這方面的心得？還有，透露一下未來的計畫啦？

【張維中】我從來沒有截稿的壓力，並非因為我很會安排創作進度，而是我真的很享受小說創作。寫《三明治俱樂部》時，我如果很久都沒有開始寫新的章節，就會變得好焦慮。我覺得很虧欠高鳳珊、張欣銘和李稚，彷彿他們都在等我，而我卻不趕快讓他們上工似的。至於裝幀，我一向對設計很感興趣，恰好寫小說的期間學習了課程，購買新的電腦，所以就將這本小說的包裝概念一併實踐出來了。談到下一本長篇小說，此刻我已經在籌備中。西方的三明治吃完了，不妨來一點東方的口味吧！我計畫寫一間客家餐館的故事。屆時小說也會在網路連載的，就請各位繼續多多指教了。

國家圖書館出版品預行編目資料

三明治俱樂部／張維中著．-- 初版．-- 臺北市：麥田出版：城邦文化發行，2003〔民92〕

面； 公分．--（張維中作品集；8）

ISBN 986-7691-70-9 (平裝)

857.7 92014719